你当善良，且有力量

剧不终 著

文汇出版社

图书在版编目（CIP）数据

你当善良，且有力量 / 剧不终著 . -- 上海：文汇
出版社，2017.6
ISBN 978-7-5496-2047-0

Ⅰ.①你… Ⅱ.①剧… Ⅲ.①散文集－中国－当代
Ⅳ.① I267

中国版本图书馆 CIP 数据核字（2017）第 055812 号

你当善良，且有力量

出 版 人 / 桂国强
作　　者 / 剧不终
责任编辑 / 乐渭琦
封面装帧 / Shin

出版发行 / 文汇出版社
　　　　　上海市威海路 755 号
　　　　　（邮政编码 200041）
经　　销 / 全国新华书店
印刷装订 / 三河市京兰印务有限公司
版　　次 / 2017 年 6 月第 1 版
印　　次 / 2019 年 1 月第 2 次印刷
开　　本 / 889×1194　1/32
字　　数 / 185 千字
印　　张 / 9

ISBN 978-7-5496-2047-0
定　价：39.80 元

自序：做一株向阳而生的向日葵

不知不觉，提笔写字已有一年多时间。我的写作完全随心随性，方向和题材全无规划，信马由缰，任由思绪和文字念我想念的人，带我去想去的地方。

只是回头一望，方知自己絮絮叨叨记录下的成长一途，从年少到青春，再至敲开中年的大门，多是一些泛黄的温暖回忆。

那些跌跌撞撞走过的青春，在时光里四散流离的友谊，轰轰烈烈后又归于幸福平淡的爱情；那些早已故去的老人，年少时真挚无二的玩伴，四季如春的亲人，亦师亦友的知己，令人感怀的陌生人……就像一束光和一把火，照亮并温暖着我，使装在左胸膛里的那颗心不至于变得坚硬、凉薄。

几年前的某个冬日夜晚，我在灯下翻看高晓松的一本书，书名叫作《如丧》。

直至现在，我都记得书里的一段话，高晓松写道：想起当年当日，有柔软的心和狰狞的表情，现下，表里正好换个个。还好有这些文字，记录下心如何变得狰狞，表情如何愈发平静，人如何变老，变成年轻的自己看见就想死的那副模样。

一字一句，让我悚然而惊，生恐这是每个走向中年的人摆脱不了的魔咒和宿命。我以此为自省，检视自己的表里。好在，自觉面上表情虽在慢慢变老，但心仍柔软、温度犹在。

我庆幸人生一路行来，所遇见的人多数温暖，沿途看到的风景大多明媚。

我也庆幸驻扎在我记忆深处的，是那些善良的人、煦暖的事，他们让我窥见不同于盛满自怨自艾或森森恶意的另一种人生。他们的力量足以帮助我驱走内心偶尔的阴郁，牵引我走向一条洒满阳光和快乐的积极人生路。

我曾为一生善良的父亲做过一道算术题，从医 50 年来，他已诊治至少 36 万名病人，这个数字的增长至今未曾停歇。父亲让我明了——世间大多的伟大，不过是由一个个庸常的日子和所谓的坚持堆砌而成。

我那背着"移动厨房"往返于北京、四川两地的母亲，每每打开行李箱，献宝一样地把我儿时喜欢的那些吃食一件件掏出来时，我意识到——在母亲的眼里，在厚重的母爱庇佑下，我依然是那个爱撒娇、长不大的孩子。

我会在难以入眠的夜半时分，找出一位逝去的好朋友、好妹妹留下的录音来，一遍遍地听她说：生活中少一些抱怨，多一些感恩和知足……我每当遇到新一轮生命考验的时候，都会觉得之前的困境都是佳境。所以，大家都不要太贪心，安于当下的幸福很美好……那是盛放在我心里的一朵永生花。

……

我还庆幸，虽然眼镜度数越来越高，但对那些闪烁在平淡生活里的微芒，我尚未失去发现和提取的能力。

我还身处"易感"人群之列，还会为很多人很多事热泪盈眶。无论他们是菜市摊贩，还是街边小馆的老板；也无论是偶尔擦肩的陌生人，还是知交甚笃的知心好友。

原来，做一株趋光的植物是如此幸福的一件事。

世界如此之大，生命如此广博，如果要做，就做一株向阳而生的向日葵吧。

剧不终

2017.03.06

Contents

目录

一生一人，向爱而生

所有知道我名字的人啊，你们好不好

此间少年，青春倏忽不见

每个人的课桌上都码放着厚厚两摞课辅教材；

下课铃响，总有几个人一路追着科任老师答疑，

直至下节课铃响；下午放学，除了我，

没有人起身离开座位，直到食堂开饭；

晚自习课后，多数人习惯性地留在教室里挑灯夜战，

直到不远处的宿舍里，通知熄灯的哨子声响起。

你当善良，且有力量

从我的世界里路过的人实在不少，但在我的内心世界里，毫不犹豫地认定为真正能当得起"你当善良，且有力量"这八个字的人却寥寥。

在这里，我想向你们讲述一个真实的人和一个真实的故事。

1

我认识佳业是在六年前。

六年前的夏天，我在四川广安参加一个乡村义诊活动，身份是组织者之一。

活动前一天，在网上报名的医疗志愿者们从全国四面八方陆续赶来。

下午两点，负责接机的同事打来电话，告知一个令我们颇感意外和棘手的消息：他在机场接到的志愿者里，有一位腿部自小有疾、走路跛行的。

他就是佳业，来自山东滨州的一家基层小医院。为了参加这次活动，他先从滨州坐长途夜车抵京，再转机飞到重庆。

他一再向我们道歉，因为担心我们不同意他参加活动，所以在网上报名时，他刻意隐瞒了自己的身体状况。

这让我们犯了难。从以往的经验来看，对于医疗志愿者们来说，每场义诊活动都不是作秀、摆花架子，而是一场硬仗，是对体力、脑力的极大考验。

我们的义诊点一般都设置在较为偏远、不方便就医的乡村地区。届时，十里八乡的乡亲们闻讯赶来，就医人数之众，根本让我们无暇他顾，分出人手和心思去照顾他。

有时，我们还会扛着慰问品和药品，一路跋山涉水，去行动不便的孤寡老人家里出诊。拖着一条病腿，他的身体如何能胜任？

佳业一再向我们保证他不会拖大家后腿，也不需要特殊的照顾。这让我们难以决断，拒绝他、让他打道回府的话终于还是没能说出口。我们终是有些于心不忍，但心里仍少不了对他的埋怨。

第二天一早，我们出发时，天刚蒙蒙亮。从驻地坐车，一路颠簸，两小时后，到达提前做了点简单布置的义诊点。

门外已有陆续赶来看病的乡亲们在排队。志愿者们也不用多安排，各自找到摆有自己名签的位置坐下，顾不上喝口水，就迅疾投入了诊疗工作。

佳业的诊疗桌离门口最近，这是我们的疏忽。当时审看报名表，因为看他年轻，又是男性，所以把他安排在了接诊量最大的位置。在得知他的身体状况后，我们忘了及时对这个细节做出调整，我暗暗自责。

和预想的一样，靠门位置的接诊量果然是最大的，在佳业桌前候诊的病人，一直排着长队，始终不见减少。

他工作起来的时候，那张年轻的脸上挂着严肃、认真的表情，不急不躁地和操着方言的病人反复交流。并不因病人众多，而有一丝一毫的心浮气躁。

那天出奇的热，虽然才是五月底，但气温已经爬到了 38 度。一个多小时后，佳业的额头上已经爬满了汗珠，后背也全湿了。

我们轮番过去劝他喝水，他统统拒绝了。因为怕喝水以后会上厕所，自己腿脚不便会耽误时间，让乡亲们等待。

到了中午，围在别的志愿者桌前的乡亲们逐渐散去，大家得以短暂休息用餐，唯独佳业那里，依旧围满了病人。

我们心疼佳业，向乡亲们解释，希望大家能体谅佳业的辛苦，先让他花五分钟时间吃点东西。佳业拒绝了，顶着一脑门细密的汗珠继续看病，直到下午两点多病人散尽，才吃上一口早已凉透的盒饭。因为用嗓过度，他的声音已经变得疲惫嘶哑，但面部表情始终轻松愉快。

完成了五六十个病人的接诊量，佳业用行动向我们证明了他的能力和担当。

他的温暖善良、他的一丝不苟、他的固执坚持，有着极大的感染力，荡涤尽原本藏在我们心里的疑虑、曲解和抱怨，令我们有些自惭，更让我们心里翻涌起对他的抱歉和心疼。

一天的义诊活动几近尾声。乡亲们热心地带领我们走过一条窄窄长长的田埂，去对面的一处枇杷林里摘果子。佳业没有同往，因为他有腿疾的原因，这段路对他来说有些艰难。

枇杷果刚熟了一小部分，还没有大面积上市。果树没打农药、没施化肥、自然天成。果子吃进嘴里，甘甜多汁，沁人心脾，好吃极了。

我们争抢着付了钱，带回一些枇杷果给佳业。他剥去皮塞进嘴里，吃得很开心，赞不绝口，嘴角、眼角挂满了笑意。

又有乡亲送来一筐土鸡蛋，非要让志愿者们收下。佳业在一旁看着我们推推搡搡地谦让，只是咧嘴笑，不说话。

返回住地前，我们在义诊点的院子里合影留念。身后是一面白色旗帜，上面写着大大的六个字——"你是我的天使"。佳业和其他志愿者们并肩而立，脸上的笑容真诚、由衷。

我有些懂佳业了。懂他藏在温暖笑容背后的善良，懂他山迢水长跑来做志愿者的坚持，也懂他内心的快乐所在。

2

两年前，他从滨州的那家基层小医院辞职，顺利通过公开考试，被东营市一家三级医院录用，在一个全无根基的新地方，从零开始，顽强地扎根发芽，开启一段全新的生活，经历一段重新被认可的过程。

驱使他做出这一重大职业选择的，是佳业一直以来希望提升医术的心愿。他一直很羡慕那些医术精湛的专家，可以帮助更多人从病痛中解脱。

　　他在工作强度最大、压力最大的重症医学科工作。原本，他只是在重症科人手紧张时过去帮忙，但共事一段时间后，科主任再不愿撒手放他走。这一点，我完全可以想象到。无论走到哪里，佳业的朴实和勤勉总是令人称道的。

　　在重症科的工作如履薄冰。病人往往病情危重，难以稳定，根本不敢离开左右；病情变化也快，要求接诊大夫给出治疗方案谨慎、果断，稍有不慎就可能造成无法挽回的后果。

　　佳业是科里收治病人最多的大夫。同上一个夜班的护士们都怕了他，经常半夜收治病人，让大家忙得人仰马翻。

　　留在身体上的遗憾并没有影响他成为科里绩效评分最高的人，同事们都很喜欢这个朴实、勤快的小伙子，所有这些，让他由心里感到快乐。

　　没有固定的下班时间，很多假日也难得休息，经常是超负荷熬夜工作后，第二天又被一个电话叫去医院抢救危重病人。和前一份工作比起来，不知辛苦多少倍。

　　老婆要生第二个孩子那天，他夜班，实在走不开。他只能在电话里叮嘱：如果太急了，就拨120叫个救护车送来医院……

　　提起那份远胜于前一份工作的辛苦，佳业也有些惆怅和感慨，但他说：从没后悔过这一选择。

　　如他所愿，他在一个更大的平台上发光发热，实现自己的人生价值。

3

时间退回到 2010 年。

那年四月，玉树地震。佳业那年三十岁，还在前一家基层小医院就职。

震后一个月，听闻震区缺医少药，佳业向单位请了假，跑去玉树做了半个月的民间医疗志愿者。那时，他的第一个孩子刚刚九个月大。

震区的生活条件很艰苦。五级以上的余震不时发生，大家对此已是司空见惯。那里的水冰凉刺骨，洗手时扎得手指关节生疼。

高原地区少有蔬菜，半个月里，志愿者们几乎顿顿方便面。因为气压低的缘故，水虽然沸腾了，但温度并不够泡开方便面，所以他们每天的伙食就是没有泡开的方便面。

刚去的时候，佳业他们就一个帐篷，白天用来看病，晚上收拾收拾再用来睡觉，后来又分到一顶帐篷，这才把工作帐篷和生活帐篷分开来。一顶帐篷里住五个人，最多时住了七个志愿者，不分男女，混住在一起。虽然隔了一层防潮垫，但每晚躺下去，依然感觉一片潮湿阴冷。夜里下雨，帐篷里的雨水越积越多，水漫过防潮垫，身下的海绵垫也吸饱了水。

灾后，部队在震区建了一所医院。但因为当地地广人稀，再加上交通条件不佳，离得远的藏胞就医并不方便。

佳业他们驻扎在位于震中地区的玉树州州府结古镇加吉娘村。给他们做翻译的，是当地一位十四岁的少年，名叫成林桑舟，那是一个瘦而结实的小伙子。他的脚趾患甲沟炎已经多年，一直没有治疗，流着脓血的脚趾头肿得很厉害。

因为志愿者里没有外科医生，只能由本是内科医生的佳业上阵，给小伙子做了一个拔除指甲的小手术，这也是佳业从医以来做的第一个手术。手术就在帐篷里做，工具也都是临时消的毒。成林桑舟身体壮实，恢复很快，术后就休息了两三天，就又在志愿者身边跑上跑下了。只是脚趾头不敢着力，跷起来走路。他一瘸一拐走路的样子，让佳业失笑，笑言和他成了一对形象很搭的难兄难弟。

五月的最后两天，佳业被接去一个叫作赛马场的灾民集中安置点出诊，那边一位名叫达杰的翻译负责骑着摩托车接送他。那里的病人很多，排着长队等待接诊。排队的病人们眼神里满是焦灼和期待，佳业不好意思中途休息，一口气工作到下午六七点，每天都要接待四五十个病人。因为言语不通，问诊过程比较困难，医生和病人之间的每句对话都需要翻译，有些句子达杰翻译起来也很挠头。

这些民间医疗志愿者的驻地附近，有一位患有脊柱结核的病人，结核部位的周围已经脓肿、破溃，因为长期得不到救治，只能任由伤口流脓，佳业知道了，赶去病人家里，为他换了好几次药。

六月一日，时任国家副主席的习近平到当地视察，车队从志愿者们的医疗帐篷前驶过，停在距离不远的一处当地临时支部办公点前。原本，安排了志愿者们一同去迎接，佳业刚刚走出几十米，一位阿卡（藏族出家人的一种身份级别）叫住了他。

阿卡腰痛五个多月，咳嗽，痰中带血已是两月有余。佳业仔细问诊，给他做了一些常规检查，心里约略有了数，肺癌的可能性很大。佳业建议阿卡去大医院拍个胸片，果不其然，他的左肺有类圆形肿块。佳业把阿卡的病情告知了他的家人，又给他开了一些消炎药。等阿卡走了，习主席也已结束视察工作离开。

心地善良的藏胞热情仗义，对帮助过自己的人总是恨不得把心掏出来给人看。

玉树的藏狗很凶，数量也多，十四岁的小翻译成林桑舟总是安慰佳业：哥哥，没事，我能保护你，对付一只藏獒我都没问题。外出看病时，小伙子总是帮佳业拿着药箱，难走的地方还不忘扶上佳业一把，很是细心。

当地的村民们推举村长的儿子，是一位有文化的出家人，给佳业起了个藏族名字——昭平亚卓，"昭平"在藏语里是救助人民的意思，"亚卓"是凡事皆发达的意思。藏胞们的无限感恩和祝福之意都包含进了这个名字里。这个名字也被佳业珍而视之，一直挂在他的QQ上，作为他的昵称。

因为组织这次志愿行动的公益机构经费有限，不能停留更久让佳业心里充满遗憾。为了替组织者节省路费，佳业和其他志愿者们回程的旅途都选择了更加便宜的交通工具。先从玉树坐十六个小时的汽车颠簸到西宁，再从西宁坐二十多个小时的火车到北京，再从北京坐长途车回滨州，行程两天两夜。

我问佳业：苦吗？

他避开了我的问题，沉浸在回忆里：做那种纯粹的医生很有成就感，能帮助到人真的很开心。

心怀善良的人啊，扎西德勒。

4

回望年少的岁月。

五岁那年，佳业突发急病，是格林巴利综合症。因为身在农村，就医时间晚了，加重了病情，当时已经到了全身瘫痪、累及呼吸肌肉喘不动气的程度。父母带他在大同、北京的各大医院辗转。不幸中的万幸，四十多天后，危重的病情开始逐渐好转，但留下了伴随终生的后遗症。

那些长长的成长岁月里，佳业都在与命运加诸在他身上的不公抗争，通过日复一日的锻炼摆脱拐杖的束缚。从最初拄着双腋杖开始，逐步改善，到一支单腋杖加一支手杖，再到两支手杖，再到一支手杖，直至完全摆脱手杖。没人知道那段长长的路，佳业走得有多艰难。

摔跤是家常便饭的事，直到上了高中，他的膝伤从来没有好过，总是青一块紫一块，旧伤未好又添新伤。人们常说的"在摸爬滚打中长大"，放在他身上，实在是再形象不过了。

佳业说：身体是客观条件，既然改变不了，那就慢慢接受它。他慢慢接受了自己的身体条件，慢慢习惯在陌生人投来的视线里泰然自若，慢慢开始不允许自己以腿疾为由接受别人的特殊照顾，也慢慢以一个健全人的责任和担当来要求自己。

　　疾病让他的腿部失去了一部分力量，但这些力量又在身体里另外的地方重新生发，更加茁壮有力。

　　我的心里涌上一股幸福感，为能认识这样一位朋友而心生幸福。那些短暂相处的片段，每每想起，都如一束光，照亮我偶尔有些低沉暗淡的生活。

　　心愈柔软，生命愈有力量。

此间少年

1

上大学时，寒假回老家，总耐不住性子在家里闷闷地过节，心比腿更加撒了欢地想往外跑。

我的狐朋狗友们很配合，大年初一的晚上，正在电视机前枯坐的我，忽地听到楼下传来喊声，叫的是我另外一个朋友的名字。

智慧超群的本姑娘，秒懂了这组摩尔斯电码，淡定地和父母打了声招呼，然后穿鞋下楼，飞也似的跑出家门。

果不其然，是朋友们招呼我聚会。因为父母对我管教甚严，他们不敢明目张胆地叫我，也没胆打电话来约，只能耍了如此小伎俩试试看，没成想，聪明如我，配合得如此默契。

一伙十来个人浩浩荡荡杀向朋友替别人看管的一处房子，可劲儿造，全然不拿自己当外人的劲头。

花生就着酒，再加一把扑克牌，嬉笑怒骂聊的是没有半分营养的闲篇儿。

夜深了，睡意袭来，腰都直不起来，一伙人移师到屋里唯一的一张大床上。1.5米的床上，纵横交错躺下了十来个人，人人吸着一口气艰难侧躺着，挤挤挨挨，排得像罐头里的沙丁鱼，完全不敢把身体放实在床板上。

那些积攒了一年的想念，那些青春的迷惘和无病呻吟，那些讲到天边也讲不完的故事和段子，这时，才在夜色的掩映下铺陈开来。有人低声说着，有人迷糊听着，有人浅浅睡了。

这伙从光屁股时候起就在一起玩大闹大的少年，早就没有了性别的分野，升华为纯度百分百的兄弟姐妹。

清晨六点不到，怀揣一颗忐忑不安的心，蹑手蹑脚地回到家里。刚推开门，父王大人一声暴喝传来——"看你野到几点才回来！"

这一切的一切，好像就在眼前。

可那些独属于青春年代的放肆，明明已经走远。

2

我家附近的长江边上，半山腰的位置有一座"武侯祠"，它建于清代，是县境内唯一一座供奉蜀国丞相诸葛亮的祠堂。

每到春节，大人们习惯性地把此处作为游玩的站点之一，去了难免烧香拜佛抽签解签，全套功夫做足。所以，这里的香火一到春节就变得很旺。

某年春节，还是这帮狐朋狗友，百无聊赖之下，居然也去了武侯祠。

一脚踏进高高的门槛，站定之后，眼睛方才渐渐适应了祠堂里幽深的黑暗。有人指着地下的蒲团让跪下去拜，我扭扭捏捏坚决不肯，顺手抄过放在一旁供桌上的签筒来摆弄。正要抽支签来看，不知身后是谁，照着我的右腿膝窝狠狠一脚，姑娘我一个趔趄就跪倒在了蒲团上，一支竹签蹦跳着从签筒里飞了出来，落到大青方砖铺成的地面上。

没等我回身开骂，身边众人啧啧地称赞："哇噻，上上签！"我顿时眉开眼笑，感觉像中了大奖一般，再不提反对迷信的半句话。

签文写得云山雾罩，我寻去后院，捐了十块香油钱，找了僧人解签。一位面容枯瘦的灰衣僧人说，我将远嫁他乡，生活幸福美满，衣食无忧，四十岁以后，更将迎来下半生富贵……

那年，我刚上大学，尚不满二十岁，内心并无半分对鬼神的敬畏，只当是玩笑话，心花怒放地听了，作为炫耀运气的资本。

如今，签文的前半段已然应验，而后半部分的预言，还遥遥无期不知所踪。

3

年年岁岁，只要春节回家和一帮发小聚会，就免不了去"踏青"。

我不记得是谁引进的这个词汇，总之，把我们颇有些无赖的偷菜行径瞬间打扮得文艺起来。

夜幕降临，远处传来星星点点的鞭炮声，男同胞们分头出去"踏青"，女生们留在屋里翘首期盼偷菜的人儿回来。负责偷菜的人和负责销赃的人，都对未知的刺激和挑战莫名兴奋。

你揪回来几棵葱，他薅回来一个大萝卜，还有的，顺一小把冬寒菜或是豌豆尖……偷菜速度虽快，却由不得我们点菜，老乡往菜园子里播种什么我们就收割什么，农民伯伯在这个时节通常不会和一帮小屁孩计较这些。

有一年春节的某个夜里，男生们照例三三两两结伴去"踏青"，走在最后的某男落了单。落单的同学艺高人胆大，仍然无所畏惧地走进了半山腰的一块地里。

他正埋首和一个萝卜较劲的时候，一束手电光直直地射过来，对方一声厉喝把他吓破了胆。

落单同学情急之下一用力，萝卜应声而出。哥们顾不得萝卜兄弟一身是泥，抱进怀里撒丫子就跑，手电光在后面颤颤悠悠地追，一路追一路喊——"站住！"

也不知道跑了多远，两人力竭。落单同学远远地站住脚，喘着大粗气转身对农民伯伯说："我就是踏踏青，拔了一个萝卜而已，要不你说个数，我赔钱。"

农民伯伯也喘，边喘边骂："你个龟儿子，拔萝卜就拔萝卜，你当我请不起你一个萝卜吗？你干吗要踩坏我在旁边刚下的菜秧子啊！"

落单同学手举萝卜作投降状，指天发誓说："不是我，真不是我，我们"踏青"讲规矩，从来都是小心进去，不踩坏别的东西。那事肯定不是我干的！"

落单同学回来一说，我们集体忧伤。开了一个议题，讨论要不要"踏青"时在地里给农民伯伯留下一些钱，最终结果——全票通过。

不过，自那以后，我们四散于天南海北，再也没有聚齐过。

4

在四川，到了冬天，家家户户必做香肠腊肉，这是一年里人们物质最富足的时节。所以，家里偶尔少一两截香肠、一块腊肉，大人们一般会慷慨地忽略不计。

我们一帮狐朋狗友的常见聚会模式之一，就是各自偷了家里的香肠腊肉，在大野地里烤了来吃。以最简单的方式，共享各家美味，品评各家腌肉水准。

烤的次数多了，慢慢总结出来一些经验。

我们中有高手，用一张作业纸就可烤熟一根香肠，个中奥秘在于——利用香肠滴下来的油，充分浸润作业纸，这样作业纸的"肉身"就可持续很久不会灰飞烟灭。

除了香肠腊肉以外，我们需要用到的烤具有火柴、筷子、作业纸。

一次，众人都忘了带筷子，只能就地取材，四处踅摸了几根废铁丝穿了香肠来烤。

肉香越来越浓郁，手里的铁丝温度也越来越高……终于到了烫得令人难以忍受的一刻，我的惊天一举出现了：情急之下，居然一下子把滚烫的香肠，连同铁丝一起，扔到了对面男生的手背上。

潜意识里，我是有多舍不得丢下那根快烤熟的香肠。好在电光火石间，对面男生迅猛地把手背上的高温物体抖落到了地上，这才没有酿成更大的惨案。

此后，每每听到别人说"酒肉穿肠过"，我都会下意识地接一句：千万别用铁钎子。

再告诉你一个秘密，其实，自家腌制的香肠和腊肉烤久了巨咸无比……除非用广式香肠，甜咸中和，口感更胜一筹。

多年以后，那些留在味蕾上的记忆早已渐渐远去，只余下那些曾经滚烫的少年时光，余温犹在，但也渐成灰烬。

5

每年大年初二的下午，是我爸妈所在单位惯例的游园活动时间。一个部门设计一个游园项目，把不大的旱冰场挤得满满当当。

中午心急火燎地吃完饭，就朝好朋友的家奔去。远远地，就看见一个身影在三楼的阳台上向我的方向张望，那是另外一只急于飞出笼的小鸟。再接着走，又招出另外几只。

到了游园会现场，我们并不急于开玩，而是先巡视一通各个项目的奖品，心里先盘算好，要冲哪些奖品下手。然后，瞎子摸象、套圈、猜谜语、射击……一路玩过去，把心仪的奖品逐一收归己有。

其实，多数时候我们成绩不佳，偏巧有很多我们叫作哥哥姐姐的熟面孔，混杂在各个游乐项目里充当工作人员，睁只眼闭只眼任由我们耍赖拿了奖品去。

在我的记忆里，四川自来多雨、阴晴不定，但很奇怪的是，偏巧在大年初二这一天少有下雨，老天爷年复一年地恩赐给这一天一个难得的晴日。没有了雨水的捣乱，游园会上人头攒动，热闹非凡。

逛过游园会，再往长江边上走，一路走一路看。

山坳里的梨花开了，白得似雪如玉。半山腰一处新修的灰色农家院落旁，两树粉色的桃花开得正娇俏，像一幅淡淡的水彩画。山脚下，左一垄、右一垄的油菜花，招来无数蜜蜂早早地就开始了一年的工作。漫山遍野的竹子，开始抽出翠嫩的枝芽，轻柔地垂下头，随风摇摆。

只有久居过北方的人，才知道在隆冬季节看见这点姹紫嫣红的不易。

继续懒洋洋地往前走，躲在云层里的太阳露出头来，身上顿时感觉热了。路上走着的我们，陆陆续续脱下羽绒服、脱下棉服、脱下呢子大衣，甚至还有人脱下毛衣，身上只余一件轻巧利落的单衣。

我们在路上没有一刻的老实，旁若无人地嬉笑打闹，自人群里呼啸而过。

是了，这正应了王国维所写——"四时可爱唯春日，一事能狂便少年"。

那些陪我度过一整段少年时光的翠花、丫蛋、狗剩、春生……如今，你们都在何方？

偶尔午夜梦回，还是英雄白马少年。

人生低谷

1

我有一张上面没有我的高中毕业照。

因为从高一开始青春期逆反，一路厌学到了高三，挂科的数量总是多过勉强站上及格线的学科数量，最后连一张地区的高中毕业证都没有拿到，我有什么脸面站到合影的人群里笑？

考前填报高考志愿，老师再三嘱咐要慎之又慎。别人对着高校名录苦思冥想，我不假思索地写下了北大、清华……一串闪耀的名字。反正已经跌到谷底没有一丝一毫的希望了，写下哪个名字对我来说又有什么区别呢？我猜，班主任看到我的志愿表后，八成举着那张单薄的 A4 纸笑了很久。

从考场出来，我妈程序性地问我感觉怎样，我笑笑："还好。"至少，所有不会的选择题我统统选了 C，万一真的有万一呢？

那些日子里，我曾经无数次悲伤地假设过，在心里恳求过，如果让我重来一次，我必不会让自己变得如此狼狈；也曾经无望地祈祷过，如果明天世界就此毁灭，我和我的这段糟糕历史同归于尽，多好。

可惜，时间回不去，世界也变不了。

我用了三年时间，睡了长长一觉。一路梦游，磕磕绊绊，摔了一个大大的跟头才醒过来。领略过高处的风景，再跌到谷底的感觉痛不欲生。

2

我的第一道人生选择题出现在高一学年末。

初中毕业时还是年级排名前三、地区三好学生的我，在那个夏天带回家的成绩单上，五门功课不及格。

和我对峙了整整一年，我妈有些累了，小心翼翼地问我："要不要转学？"

我干脆地答应了。在一个满地都是熟人的环境里兵败如山倒，饶是我脸皮再厚，也有如芒在背的难受。

我妈再问："要不要重新从高一开始，把底子打好？"

我像被针刺一样地跳起来："绝不！"

即使是所剩不多的自尊心，也无法接受留级。

很草率，也很激烈，我就这样完成了我人生的第一道选择题。

于是，在高二一开学，我去了一个没有人认识我的学校，是离家三十公里以外的一所省重点中学。

我试图在一个新环境里重新爬起来，但没想到跌得更重了。

　　不管我承不承认，我想家了，这里没有我的父母家人和朋友，只有一群不分昼夜埋头苦读的同窗。

　　每个人的课桌上都码放着厚厚两摞课辅教材；下课铃响，总有几个人一路追着科任老师答疑，直至下节课铃响；下午放学，除了我，没有人起身离开座位，直到食堂开饭；晚自习课后，多数人习惯性地留在教室里挑灯夜战，直到不远处的宿舍里，通知熄灯的哨子声响起；回到宿舍楼，学习热情依然不罢休，灯光昏暗的楼道里聚集着三三两两捧着书的人，楼梯的每级台阶上都坐着人，十人一间的宿舍里，每个床头都静静地燃着蜡烛，在黑色的夜里跳动着微弱的光明；周末的晚上，教学楼早早地就断了电，教室里一片星星点点的烛光，还有奔着烛光而来的飞蛾蚊虫……此后很长一段时间，我完全感受不到烛光的浪漫。

　　我的同窗们就像一个个不知疲倦的螺丝钉，缀在一架庞大的、一丝不苟的学习机器上，我融不进去，也退不出来，心里的孤独感时时来犯。

　　也不管我承不承认，缺失了高一一年，我根本听不大懂老师在讲台上讲的课。在浅浅地挣扎过几次之后，我终于选择了彻底放弃。要知道，经过一年时间的培育，藏在身体里的惰性就像一种无药可救的烈性传染病，缠缠绵绵，挥之不去。

3

　　高考过后，父母没有对我绝望，但留有的希望显然也不多。

第二道人生选择题摆在了我的面前：复读一年，或是参加父母单位的招工考试。

我从小害怕听见机器的轰鸣声，光是想想，就觉得心惊肉跳。我爸提醒我："还有你的 500 度近视，一并考虑进去。"

我又一次独立做出了一个人生的重大决定：复读，回到原来的学校复读，给自己一次重生的机会。

在补习班的日子很煎熬。让我煎熬的不是学业，是精神，总觉得那些熟悉我过往历史的人们在对着我指指戳戳；总要用很大力气，才能让脊背挺立着穿过人群。

在补习班的日子也很寂寞。我的发小、朋友们，有的上了大学，有的去了技校，有的直接就业，和我一样留在补习班的，只剩为数不多的几个人。

有一天，一个上技校的发小问我："听说你瞧不起我们这些上技校的。"我笑了笑，只问了一句："听谁说的？"没有多余的一个字解释。我一个完全看不到前途在哪里的人，有什么资格去瞧不起别人？这个笑话一点也不好笑。

4

一年的时间很快过去。

说也奇怪，当我意识到自己已经跌落谷底，心里不再患得患失时，三年来那些知识突然间不再那么可怕，我开始认识它们，它们也在慢慢地熟悉我。意识到自己的学习能力还在的时候，我一个人躲在房间里喜极而泣。

我要战胜的最大的敌人，其实就是藏在身体里的那个原来的自己，那个自卑、懦弱、自暴自弃、轻易就放弃的自己。

我要做的是另一道证明题：证明我，还有向上的能力。

此后的三百多天，没有故事，只有坚持。

第二次高考，我妈作为随队保健医生，陪了我三天。每门考试结束，她还是那么问："感觉怎样？"这一次，我没再敷衍地答复她"还行"，而是絮絮叨叨地告诉她：

"考前别再让我喝那么多水了，真的影响了我语文发挥，憋死了。"

"数学感觉很好，下来就和数学老师对过答案，目前没有发现有错的。"

"政治可能会拖点后腿。"

"化学不太有把握，但感觉上还好。"

……

距离成绩公布还有不到两天时间，我在家里如坐针毡。楼下突然传来我妈叫我的声音，从阳台上探头一看，好家伙，我妈买了十来个西瓜等我下楼去搬。

我跑下楼，我妈满脸带笑，悄悄附在我耳边说："已经托人提前打听到你的成绩了，552分，按去年的情况来看，这个分数已经够重点线了。妈妈买来西瓜，是要送去医院给同事们吃，算作提前祝贺哈。"

幸福突如其来，让人感觉眩晕。

　　学校的教务主任说，我第二年的高考成绩超过第一年160多分，这在学校历史上都很少见。

　　我就是那个本来握一手好牌，白白糟践成一把烂牌之后，又幡然悔悟过来翻了盘的人。

　　好在，时间未晚，余力尚在。

　　其实，只要一意想要改变，什么时候开始都不晚。

　　人生充满起起落落，处于低谷的好处是，内心不必患得患失，无论朝着哪个方向，只要努力不停步地走下去，都是向上。

青春无酒不欢

1

如果仔细盘点一下，我想，你大概和我一样吧：青春的记忆里，不知为何，盘踞着一个又一个和吃吃喝喝有关的故事。和这些故事相伴相生的，大概少不了一群臭小子和疯丫头。

刚上大学时，青春热血又争强好胜，无论系里还是学校组织的比赛，都满心希望自己班能牛掰地站上领奖台。所以，最初的每场比赛，我们都卖力地当着啦啦队员。

然而，现实总是让人沮丧。一场比赛往往开局不久，便胜负已定。我们班经常是以大比分落后于对方，连半点翻盘的可能性都没有。

所以，感觉上，逢比赛就是一次对集体自尊心的践踏；逢比赛，场上队员和场外啦啦队员便都毫无悬念地灰头土脸，两三天悻悻地抬不起头来。

感谢系里终于在不久后组织了一项赛事——4男2女排球赛，让我们得以挽回一些颜面。

那一年，我们班一路过关斩将，一雪前耻，终于尝到了冠军的滋味。那味道的确——有点甜。

青春的荷尔蒙在酒瓶子里泛滥。一箱又一箱的燕京普啤，被我们豪气云天地灌进了肚子里。男生们还嫌不过瘾，又去小卖部拎了几瓶二锅头。

那是几个姑娘第一次正经八百地胡吃海喝。

说实话，那酒，倒进嘴里，顺着喉咙急急而下，一点也不好喝。淌进血液里的酒精，就如同往石灰上泼的凉水，泼得越多，越喧闹沸腾。

三瓶啤酒下肚后，身体的各个零部件开始渐渐不听使唤：舌头大了，眼神直了，肚子胀了，脑袋晕了，脚下虚浮了。

跑完厕所回来，男生们正叫嚣着"杯中酒、杯中酒"。绿色瓶子里还剩半根手指头高度的液体，我端起来晃了晃，勉强仰脖喝完，结束战斗。

什么味儿？这帮作死的臭小子，往我的酒瓶子里兑进去了小半杯二锅头。

有人拿数学题验酒后智商，"12的平方是多少？"

本姑娘轻蔑地笑笑，"144！这也想难倒我？"

那天，和平常一样，食堂里熙熙攘攘。我们颇带点扬眉吐气后的小人嘴脸，嘚瑟嚣张得让人生厌，恨不能举着高音喇叭光荣地通报全世界——我们赢了！

那时候，我们还没有学会看淡输赢。

2

此后，酒成了我们青春路上的同路人。

大二那年的盛夏，跑得满头是汗的我和闺密，在相邻的三个食堂里来回流窜，找冰镇过的北冰洋汽水，可惜没有。有的，只是冰镇啤酒。

于是，两个女孩子，要了两瓶啤酒，在食堂的长桌两边对坐着，你一口我一口，贪婪地享受那点沁入五脏六腑的清凉。

那架势，颇有点江湖儿女的奔放，撕掉了我们表面上所有疑似淑女的伪装。

很久以后，在一次活动上，学生会主席一拍脑袋，对着闺密的脸恍然大悟地说："想起来了，你不就是那个在六灶举瓶子喝酒的女孩吗？"

一世英名尽丧。

有些荒唐事的开始，总是莫名其妙，又暗藏玄机。

也是一个夏夜。

还是这两个公然举着酒瓶子喝酒的女孩，去学校礼堂看了半场让人根本看不下去的电影。闷热的天气，糟糕的剧情，不知所云的对白，让我们选择了提前退场。

回到宿舍，看见宿舍里仅有的一张长条桌，从窗边移到了房间正中央，上面的杂物已经被清理干净，只余一袋楼下小卖部卖一块五毛钱一袋的五香花生米，还有一瓶瓶身扁扁的二锅头。

"等你们好久了，快来，陪我练练喝白酒"，另一个闺密很认真地向我们发出邀请。

在眼珠子瞪掉之前，我们仨英勇地坐到了长条桌前。

那一晚，就着一袋五香花生米，三个女孩，又多了一项技能傍身。

3

那时候，我们班人数最多的是一拨双子座男生。

每年夏天，从五月底开始，就拉开了双子座们的生日序幕。生日歌唱得烦了，我们索性把寿星们打包，选择一个中间日子，给列位双子座过集体生日。

生日聚会安排在晚上。但酒水，必须白天搞定。

因为众所周知的原因，在这一天，学校食堂、小卖部、餐馆，甚至学校周边的小卖部统统停售酒水。我们不得不蹬着自行车四处寻找，好在，离人大西门不远处，还有一家漏网之鱼。

在学校夜市的小餐馆里喝酒、喧闹到晚上十点，在酸菜鱼热过两轮、拍黄瓜和炸花生米上过五次之后，老板娘忍无可忍地下了逐客令。

于是，我们中间，清醒的扛着酒，半清醒的扛着不清醒的，移师去了学校大操场，继续操练酒量，用酒精，继续相爱相杀。

晚上十一点过了，宿舍大门关了，众人还没有半点散去的意思。

临近晚上十二点，学校保卫人员巡逻到大操场，手电筒的强光隔着半个操场扫过我们的脸，一声暴喝随之而来："干什么的！"

我们中间胆子大的人回："同学生日聚会，我们保证不闹事。"

半夜，夜凉如水。惨白的月光带着凉意铺满整个操场。我们在无遮无拦的空地上瑟瑟发抖。几个男生一商量，绕到男生宿舍楼后面，身手矫健地从厕所窗户爬进楼里，顺出来几件厚重衣服。

凌晨五点，好不容易等来天光蒙蒙亮，众人嘴里不停地念叨："早点摊快开了吧？"

凌晨六点，先于食堂，自教工家属区的早点摊上飘来阵阵油条豆浆的香味。六月天，宿醉未醒又被冻成狗的我们，身上裹着长长大大的棉服、毛衣，像打了败仗的一群散兵游勇，只顾埋首在热气腾腾的碗里，奋力汲取热量。

可惜，四年以后，这样难熬的夜晚，再也没有过。回不去了，就是手持月光宝盒也回不去了。

二和放肆都被成长甩在了身后，在记忆里禁足，再也跑不出来。昔日的同窗四散于江湖，举杯对饮的人换了一茬又一茬，在一张张叫作应酬的酒桌上，我们各自矜持地举杯浅酌，再也品不出当年一饮而尽的苦涩又热烈的味道。

时光，终究改造了那些少年。

从此散落天涯

1

临别的前一天晚上，有很多故事发生。当然，在没有经过时间洗礼前，这些故事还只是事故。

那天晚上，我们的酒喝了一轮又一轮，从餐馆转战路边摊，再移师大操场，后来又连滚带爬去了篮球场，白的红的黄的轮番上阵，直喝得胸口气血翻涌、舌头难以自持。

借着那点酒劲，我们一路鬼哭狼嚎，从郑智化唱到小虎队，再进阶到老狼、高晓松、黄家驹，肆无忌惮地让泛红的眼睛浸泡在某种液体里。

第一次，包括胖子在内，没有一个人孬包地退缩叫停。弟兄们气急败坏地发现，坚称酒精过敏、四年里总是浅尝辄止的胖子，这孙子的酒量至少有六两。为了这个长达四年的弥天大谎，弟兄们一拥而上，让胖子饱尝了一顿醉拳。

作为一名耐力型选手，胖子在四年时间里用他的粑粑字写下了一千多封情书，用他的耳朵捂热了学校周围方圆五公里的所有公用电话。

胖子自成一格的书法风采我们早在大一时就充分领略过，高数老师曾在胖子的作业本上气愤难当地批示道——狂草兔交。

但这并不耽误胖子以数量充质量，凭着顽强拼搏的精神，夺取了爱情长征路的最终胜利。

他的故事放到今天，就是一碗上好的励志心灵鸡汤。留给我们的启示是——爱情长跑约等于龟兔赛跑，一见钟情的速度型选手不一定会笑到最后，始终如一的耐力型斗士才是最后的人生赢家。

那晚的第一个事故以胖子把自己放翻在地，掏心挖肺地吐，而告终。

但这并不能熨平我们心中的愤懑。

凭什么我们的爱情要么在出征前隐退，要么在怯懦中夭折，要么在时间里开败，要么在对峙下两伤？

而胖子的爱情，又凭什么隔着几重山河湖海的距离，不显山不露水，也能嚣张地开花结果？

2

那天晚上，月亮大如轮盘，我们心如明镜。这一场歇斯底里的青春剧目终于还是落下帷幕，我们终将散去，并逐一落单。

拖拉机和麻将还没打够，酒灌了四年也没喝够，卧谈会上该聊的姑娘也没聊够，那些要牵的手也没牵够……

一直习惯了前面的路并肩去走，世界一起去闯，怎么就会突然落了单？

最不肯接受现实的是小炮。那个以在麻将桌上炮声隆隆而四海著称的小炮，那个见到漂亮妹子就会光速脸红的小炮。

零点已过，小炮抱着篮球架不肯撒手，下巴指向地上横七竖八站着躺着碎着的啤酒瓶，豪气地说："不要走，再来喝过！"再劝，借酒撒疯的小炮又是一阵号啕："过了今晚，就他妈各奔东西了。"

可是小炮，即使我们拼尽全力，也依然无法将过去时逆转为现在进行时啊。明天开始，我们就将各奔东西，各自混迹在不同的江湖，说着不同的鸟语人话。我们不得不只身迎战，抗争那些如潮涌般渐次降临的生活压力。我们终将退出彼此的世界，隔山隔水地想念，再无可逆转地慢慢变淡。

那晚，我牵过小炮的手，哄着他拽着他一路不回头地走向宿舍，后面跟的是沉默的弟兄几个。最后的一顿酒，就这样唐突地画上了一个不明所以的休止符。

回到宿舍的小炮依然不安分地闹着要打最后一场麻将，那晚的第二个事故香艳地发生了。

睡在小炮上铺的兄弟阿健，先把小炮扑倒在床，再把 1.85 米的自己委身塞到了小炮床上，威逼利诱当时只有三岁智商的小炮和他 PK 谁先睡着。

我们一群路人甲大气不敢出地散坐四周，近距离观摩两个大男人同床共枕……话音落后不到三分钟，阿健的呼噜声已经百转千回地响起，气急败坏的小炮闹无可闹，也在五分钟后悻悻睡去。

那晚的事故很多：据说某男甲彻夜不知所踪，据说某男乙后半夜摸到邻屋畅快地来了一泡尿，据说某男丙终于攒够勇气对着小树林情真意切地表白……但那些故事，从每个人的嘴里生出来都不一样，大概这些故事也插上了凭空想象的翅膀，在我们每个人的心里任性地疯长。

那些夜色掩映下最后的青春告别啊！

3

第二天，宿醉一夜的我们不知怎么在清晨六点醒来，一路磕磕绊绊，穿越拥挤在北京站前的层层人潮，站在了想要第一个悄悄开溜的老大面前。

温润如君子的辉哥，从一入学起就被我们顺理成章地推到了老大的位置，从此做了四年的带头大哥和知心大哥。

坚韧如小强的辉哥，一次次地在酒桌上醉倒，又一次次地从酒桌下爬起，从不曾言败。

从容如流水的辉哥，无论面对挂科，还是球赛夺冠，还是集体心仪的那个长发女生，或是被发配回老家的惨淡命运，都能保持千年不变的淡定。

离歌要怎么唱才动听？二十郎当岁的我们无解。那时，我们都还没有学会如何优雅地告别。

那天，辉哥穿了一件骚气的粉红衬衫，泪流满面地和我们逐一搂搂抱抱，不分男女借机狠狠揩油。

那天，阿健从火车站的便民车上买来一瓶燕京，一人一口地传着喝，和着眼泪大口咽下。

那天，我们在站台上旁若无人地合唱起吴奇隆的《祝你一路顺风》。

"别忘了当年你我的约定，希望能总有一天再次相聚，共同分享彼此过去的经历，再从头展现当年的豪气……"

那天，汽笛催了三遍，辉哥才一跃上了车。

那天，我们追着火车撕心裂肺地叫辉哥，一路跑到了站台尽头。

那天，男生们恼羞成怒又无所畏惧地对着看热闹的人群挥舞拳头。

那天，南下、北上的火车，我们记不清狼狈地送走了多少趟。

多年以后，我们庆幸，在柔软的心披挂硬茧之前，在眼泪和情绪收放自如之前，在人际关系游刃有余之前，在告别的话烂熟于心之前，在重压之下面不改色之前，在所有场合仪态万方之前，值得告慰的是——

我们还曾经有过那样一场纯真无畏、酣畅淋漓的青春告别。

你若不来，我怎敢老去

1

大学毕业二十年。

原以为共同度过的 4 年 1461 天 35064 小时，积攒的记忆是丰厚的。无奈用了二十年时间，我们才发现，共有的记忆实在贫瘠得可怜。

贫瘠到被翻来覆去拿出来一遍遍咀嚼回味的，不过是一些细碎的光阴和片段。但即使这样，也一次次地，温热了我们的眼眶和胸膛。

那些上课下课食堂自习室中规中矩的线条和日子，就像心电图上多数时间的规律心跳，只是证明我们活着，但波澜不惊，浅浅淡淡。

反倒是那些叛逆的，无聊的，荒唐的，出格的，可笑的，带泪的，理想的，破灭的……被刻刀一笔笔镌刻进记忆里，记录下那些心电图曲线沉入谷底或是直上云霄的片刻。

那些当年看似毫无意义的事，经过时间的洗礼变得满身风尘，如古物一般意义非凡。一再地提醒我们，曾经那样的青春热血过。

那时候，我们都是彻头彻尾的群居动物，害怕落单，还没有学会享受孤独。

2

大一下学期的五一，一列绿皮火车把我们送去康西草原。

说起绿皮火车，当时哪有今日的浪漫。

五一出游，人潮汹涌，胜过春运。我双脚离地，以极其难看的姿势悬浮在两节车厢的交接处。然而，我的处境还算是幸运。不幸的是燕儿和另一个瘦小的男生小面，他们拼尽全力也没能挤上车来。

我们在一堆肩膀和脑袋的缝隙中，往站台上艰难张望，这一眼刚刚捕捉到燕儿那张焦急张皇的脸，下一秒就又消失不见。

汽笛鸣响，车门即将锁闭的那一刻，姚冲着车厢里大吼一声"我陪他们，下趟车过来"，跳到了车下，我们的心这才安定下来。

找到农家院安顿下来，原野上已经暮色四起。我们三两个人，沿着长长的铁轨线走回车站。

下一趟车缓缓停下，燕儿第一个跳下来，扑到了我的肩上，眼泪浸湿了我的肩膀。

农家院有一张长长的大炕，靠墙的一侧，大红大绿，叠放着十来条被子。

睡觉的地方不够。入夜，十来个人挤着睡在炕上。没地方睡的，不愿意睡的，留在牌桌上继续鏖战。

春夏之交的五月，夜凉如水。

睡梦里，一场安静无声的被子争夺战正在进行。男女生交界处的两位败下阵来，在梦里瑟缩着蜷起身子。

我们这些留在牌桌上的看不过去了，去炕头扯过一条被子胡乱搭在了两人身上。

大红缎面，红双喜字，飞龙舞凤……好应景！

一床被，温暖了一男一女两个人，笑破了牌桌上几个人的肚皮。

也害得我，一夜不敢入眠。

3

从家和学校的禁锢里脱离出来的我们，期待并且相信着爱情。

胖子给情书编号，每日至少一封。到毕业实习时，编号早已过了千。如果不是写着一手被高数老师愤然批下"狂草免交"的字，他的爱情长征路大概会更顺利一点。

男生们的女朋友时常来访，总是借宿在女生宿舍。于是我们两个人，有时甚至三个人，在九十厘米宽的床板上侧身挤着，腾出床给家属睡。这是我们的待客之道，也为男生们加分不少。

男生们集体仰慕一位长发飘飘、面容清秀的学姐。每晚的宿舍卧谈，她经常成为女主角。

女生楼下，永远不缺伫立等待的身影。传达室的广播叫人，很少有消停的时候。急脾气的，索性在楼下亮开嗓门直接开吼。

中午，阳光刺目，即使是阴面的女生宿舍也不缺光彩。对面的男生楼里，总有热心人士用一面镜子把炫目的一束光送进女生房间的最深处。

女生楼三层的尽头，每天都有一对情难自禁的情侣大秀恩爱。眉眼如画的小师妹，无论去哪里，都小鸟依人地依偎在虎背熊腰的浒子身边，甜甜笑，小拳头，悄悄话……那时候，我们还不知道这种令人发指的举动叫做"虐死狗"。

闺密的妈妈劝她说："世界很大，你要多接触多看看，不要轻易就认定一个人。"我们很不以为然，甚至反感着这样的说法，爱情怎么还能挑来拣去呢？

那时候，还没轮上用一起旅行和同居这样的方式，来考验两个人是否合适。那时候的验证方式，是捉对厮杀的拖拉机，有没有默契，是否照顾对方，全在一把接一把的牌里。打牌打到目眦尽裂、遂成怨偶的大有人在；琴瑟和鸣，莫不静好，成就一段佳话的也为数不少。

只是，时隔多年，我们眼中当初认定的永远，早已分崩离析；而当时不被看好的爱情，却长久了下去。

世界，从来不是我们以为和想象的样子。

4

那时候，我们用尽了一生的无聊、狼狈和荒唐。

晨跑出早操，在学校的打卡制度面前，个个变成心机婊。

集体挂科的消息传来的那一刻，牌桌上的四人沉默了一会，定定心神，咬牙再起战局。

入学不到四个月，颖精神病发作，拉着辉哥聊《周易》聊了一夜，三位男生也陪了一夜没敢合眼。

在麻将桌上彻夜未眠的阿俊，神情恍惚地走进实验室。温婉的实验课老师怀疑他脑子已经短路掉，把他拎到黑板前："来来来，你给我写写苯的分子式。"阿俊手捏半截粉笔沉吟不语，果然智商余额不足，遂被赶出教室充值。

还是阿俊，暑假时在老家喝醉酒，神志不清之际，被老爹老妈一怒之下扔上火车。车到北京，酒意未消，阿俊花了点时间才搞清楚身处何处，悻悻然流窜回学校。

我在跳蚤市场上买的两只小鸡，寄养在男生宿舍，转天，一只被小炮儿灌了啤酒，不胜酒力，双腿打晃，最后一命呜呼；另一只凄惨毙命于男生宿舍臭味熏天的污浊空气里。

小邓前一秒钟还在抱着一盆香喷喷的红烧排骨狼吞虎咽，下一刻就被卡在喉咙里的一小块骨头折磨得死去活来。

我们趴在黑龙潭的一汪小水塘边钓鱼，一根棉线做鱼线，一根烧弯了的缝衣针做鱼钩，一根香肠做鱼饵，钓上来的小鱼小虾足够海撮一顿。

我们骑着车，横扫学校周围的各大录像厅，除北理工以外，北外、中青院、民大、人大的各个阶梯教室，钢研院、铁研院的录像厅，无一幸免。

我们仓皇地毕业了。给四年高分子材料学习生涯画上句号的一道实验题是"如何点燃酒精灯"。

我去男生宿舍，推门而入时，姚正在用两盏酒精灯对点，一簇长约三四米的火舌蹿过来，我的衣服皱成一团、胳膊上的汗毛瞬间没了，一股焦糊味扑鼻而来……身上的火是怎么被扑灭的，我不记得了，有个词可以言简意赅地概括我那时的状态——"懵逼"了。

四年间，不知道被我们消耗掉的啤酒白酒花生米拍黄瓜酸菜鱼炒田螺有多少，大概青春时的身体，需要耗掉半生的能量储蓄，由此换来我们一生的友情。

5

那时候，我们不屑于谈论光荣、理想和远方，但它们一直躲在身体的某个地方沉睡着，只待有朝一日苏醒过来。

在排球场上叱咤风云，拿下冠军以后，我们在食堂里豪饮庆功，无论男女。

我和浒子混进了系里的新绿文学社。没过多久，浒子以一袋花生米的代价，把文学社副主编一职卖官给了阿健。十年以后，留学日本的阿健方才露出马脚，原来真的是文采很好的一枚文艺青年。

某个暑假，阿健和小炮儿让我们"duang"了一下。从北京一路骑行去了山海关，来回约 600 公里。"duang"的不是他们的壮举，是他们经历曝晒后的蜕皮新生。

在学校足球队的磊，当年在和人大的一场比赛上，以一记倒钩射门惊艳全场。此后，每逢在电视里看见北理工足球队打联赛，我都会想起他石破天惊的那一脚。

长大了，我们中间的很多人，出落成博士、教授、研究员、处长、局长、社长、主任、总经理……变成了风度翩翩、仪态万方的另一个稳重模样。

只是，我对他们的记忆，已经完完全全定格在了当年。

只有我们彼此，闭上眼睛都能想起对方当初的那副顽劣模样。

6

浒子说，古人结绳记事，那让我们——十年，系一结。

第一个十年倏忽而至。熟悉感还没褪去，青春年华未老，就又重新相聚。

第二个十年却耗尽了我们的心神去等待。等待在老去之前，跨山跨海见上一面，和远去的时光、走远的你我、青春不羁的少年，说声再见。

二十年约期已到。我们将跨过山河湖海，来赴这场二十年之约。以酒和故事，来温热我们的前世今生。

你若不来，我怎敢老去。

你好，二十岁

半个月前，大学同学聚会。

学校里昔日热闹非凡的和尚楼已经变身为庭院深深的尼姑庵，这让一群年过四十的老男孩不胜唏嘘。

下午两点多，征得宿管阿姨的同意，男生们兴高采烈地跑到楼前，大摆 pose，和曾经盘踞四年的主场之地列队合影。

众声喧哗中，一个恼怒的尖利女声自楼上窗户里传来：小点声！

这点声音并没有破坏男生们的好兴致，他们一边好脾气地低声调侃：这小学妹脾气够大的；一边愉快地扬声回应：这就好，我们拍两张照片就走。

话音未落，一盆凉水干脆利落地从二楼窗户倾泻而下，众人狼狈跳开。

抬头怒视的当口，又见二楼窗户里，一大可乐瓶凉水再度被一只手高高擎起，不管不顾地倒下来。

有学妹性情暴烈如此，尤胜我们当年，引得众人倒吸一口凉气。饶是已经走出校门修炼了二十年，也气得个个脸色发青。

一股怒气在胸臆间盘旋了好几个来回，有人欲上前理论，又被拽了回来，一群人怅然若失地走出这块在心里已然不那么美好的是非之地。

走过目睹全过程的宿管阿姨身边，阿姨的头摇得像只拨浪鼓，一叠声地感叹：现在的大学生可不比你们当年喽，不好管，也管不了。

有人咬牙切齿地回：这要是自家闺女……嗯哼。言外之意，没有礼貌、缺乏教养至此，必领回去好生家教伺候一番。

走在熙来攘往的人群里，待那点怒气消散之后，我忍不住一遍遍地回忆：这是我们二十岁时的模样吗？我们曾经的二十岁，也是活得如此一副肆意妄为样吗？忆起诸多事实，我沮丧地发现，答案 80% 是肯定的，只是在程度上没有那么过火罢了。

但今日引为笑谈的很多荒唐往事背后的那些主角，分明也有着一点就着的暴脾气，一副我行我素、顽劣不羁的模样，和一套完全以自我为中心的是非观。至于和班主任、科任老师、辅导员、宿管阿姨玩了四年的猫捉老鼠游戏，比如从楼道里偷电，比如男生楼的彻夜麻将和夏日里赤条条招摇过楼道，比如逢不爽必以砸啤酒瓶子宣泄的举动，比如各种花式逃课……乐此不疲，屡教不改。

大概，二十岁的血液总是沸腾的，无论哪个年代。稍不留神，就会灼伤自己，也殃及他人。

我们是从什么时候开始收敛起周身的尖刺，自然融入人群里的？年少时至为不屑的妥协，如今看来，只不过是一种更加艺术的处理方式，它确保我们在大多数人的眼里渐渐成为一个乖巧懂事的同类，确保我们与这个世界和平共处，相安无事。

2

同学聚会的第一天，恰逢学校组织校友返校日活动。在系里发放的礼品袋里，意外地发现躺着一封信——是某位陌生的学弟／学妹写给陌生学长的信。写信的学弟／学妹要么是大四学生，要么是在读的研究生或是博士生。

尽管彼此之间完全陌生，但学弟／学妹的信里，并没有面对陌生人的拘谨，相反，就像是和一位远方的老朋友在纸笔上聊天那样，自然流畅，真诚坦白。

我们好奇地交换彼此手里的信来看，试图透过这些信去拼凑出这些和我们有着二十年光阴距离的年轻人的当下模样。我们希望从他们身上看到不同，但更希望找到相同。

那一瞬间的感受，就如同给褪色成黑白电影的青春重新染上颜色，直视自己年轻时那副爱谁谁的表情和一团乱麻的内心。

有学妹在信里快乐地讲述她的校园生活，有几个知心的闺密铁杆，有感情稳定的忠厚男友，有广泛的兴趣爱好，有对更好自己的热烈追求，对学习和生活始终不失热情……这样的状态，无论放在今天或是二十年前，都让人羡慕。

更多的学弟学妹在信里讲述TA的随波逐流、TA的失败坎坷，和对未来的迷惘无措，不知道所学为何，也不确信自己未来将要走上哪条路：是出国深造，继续学术科研，还是放弃不再抱有热情的专业，投奔下一个方向？那些苦闷的字句从信纸上生动地跳出来，每句话的背后，都像是站着一个曾经的我们。

那时候救赎我们的是什么呢？星星点点的理想之火，被命运裹挟着向前走，走过每一个人生的十字路口，领略过阴晴、风雨、雾霾、酷暑、极寒这些好的坏的天气，渐渐走成习惯，痛感神经逐渐强大，面上表情一点点柔软，内心开始变得坚硬又强大。

所以，二十岁时，不必去仰望三十岁、四十岁时的风景。世上少有一蹴而就的成功，走过那条长长的路，站到山的不同高度，自然就会看到不同的风景。

赴一场二十年之约

1

二十年前的那个夏季校园，在各奔东西之前，我们围坐在西操场的篮球架下，红着一双被啤酒一遍遍浸润过的眼，认真地相约——以十年为期，每十年一聚。

那个酷热难耐的夏夜分明还在记忆里摇曳：有酒，有歌，有风，有蝉鸣，有夕阳胜血，有摔碎一地的啤酒瓶，有该死的擦也擦不完的眼泪，有远处传来的撕心裂肺的号啕声，有师弟师妹们好奇张望的眼神，有一片狼藉、满楼道都飘荡着离愁别绪的毕业生宿舍，有一脚迈向未知的茫然无措，还有对还没来得及好好品味就将仓皇告别的校园生活的不舍。

谁料，转瞬，第二个十年之约已然来临。

2

我曾经在文章里反复提到大学时代我们班唯一荣耀加身的项

目：多次夺得学校 4 男 2 女混合排球赛的冠军。对于我们这种在体育比赛上从来灰头土脸、毫无建树的班级来说，这个冠军头衔无疑是弥足珍贵的。

第一次捧杯后，我们全班扬眉吐气地在食堂聚餐，吆五喝六，好不嚣张。啤酒一箱接一箱，白酒也消耗掉 N 多瓶。时至今日，我都清楚地记得我们当时聚众狂欢的那个食堂角落。

然而，就在两三周前，一位大学同窗在微信群里犹疑地说了一句：我怎么忘了我们拿的是校冠军还是系冠军了。

我的记忆顿时坍塌错乱。就像一汪沉静的湖水，被投入的一块巨石搅扰得支离破碎、面目全非。

有些回忆，本以为坚不可摧，却随着年龄的增长，正在逐渐衰败。更有甚者，是全然遗忘。记忆里像是有个黑洞，把一些片段吞噬得无影无踪，全然不留痕迹。

当意识到那些年代久远的故人旧事正在记忆里渐次凋零的时候，我们都觉得有必要通过某种方式帮助大脑去记住那些应该被记住的闪亮片段。

所以，在毕业二十周年聚会前夕，我们开始从记忆的口袋里掏东西，用文字记录下那些值得被永远记住的经典，用众多记忆碎片拼凑成一个个鲜活如初的往事。

3

我们把大学毕业二十周年聚会，变成了一趟重回往昔的时光穿梭之旅——

在一个簇新的排球上，我们郑重其事地签下了自己的名字，它是我们四年系排球冠军的永恒荣耀。

十来个不再年轻如昔的人在排球场上纵情跑跳，慢慢找回暌违已久的球感和默契。

在京郊的农家院，我们把那些在记忆里永恒的经典拎出来，一遍遍摩挲回味，把一个个碎片化的记忆拼凑成一副完整的场景。那些走远的时光里，分明跳动着一个个年轻的身影。

和着熟悉的旋律，我们把二十年前的老歌一唱再唱。没有话筒，只有和声。如同当年，从十几个喉咙里喷薄而出的才是最美的声音。

哔啵作响的篝火点亮了每一张脸，我们牵手，奔跑，跳跃，频频举杯，畅快游戏，肆意戏谑，纵情大笑……无论博士、教授、研究员，还是 CEO、处长、总编，统统在这场狂欢里被打回二十年前的青春原形。

攀爬两小时登上长城 21 号烽火台，登高望远，再起少年心性，和着烈烈风声，长城上我们又哼唱起 Beyond 的《大地》……

> 回头有一群朴素的少年
>
> 轻轻松松地走远
>
> 不知道哪一天再相见

和我们一同爬到长城上的摄像机，忠实地记录下了那些我们想对没能参加聚会的兄弟姐妹说的话。一个也不少。

这是我们的第二个青春纪念日。

和十年聚会时的巨大伤感不同，第二个十年之约，我们多数时候徜徉在欢乐里。

直到老大提议，以后五年一聚，每次聚会都准备一个排球来签名，争取签够十个。

反射弧漫长的一丝伤感，这才蓦然袭上心头。

4

三周前，我坐在一家图书馆的自习室里，在手机上敲下了下面这段文字，作为我们聚会视频的字幕。我知道，这些看上去又酸又涩的文字，只有我的兄弟姐妹们不会计较它的糟烂——

我们在最好的青春里同行
在最迷惘的十字路口道别
年华似水般溜走
光阴轻飘飘走远
人生不断向前走
我们不断回头看
走得越远彼此越想念
告别越久追忆越美好
光阴改变了我们每个人
原地只留一群朴素少年

我们重聚在漫漫时光里
捡拾闪亮片段重回往昔

唱过的歌谣会老
喝过的酒精会老
青春的韶华会老
品过的荣耀会老
青涩的容颜会老
同路的你我会老
芳华的四季会老
走远的时光会老
虽然早已各奔东西
虽然未来前路迢迢
但记忆里你永远年轻
光阴的故事鲜活如昨

无论身在何处
无论时光多老
请你一定知道
请你一定记得
我们陪伴过彼此的青春
也将彼此温暖惦念到老

是为大学毕业二十周年纪念。

寻人启事

1

大一入学，军训一个月。

循例，是由炮兵指挥学院的学员们担任教官。循例，分配给女生营的教官都是最棒的——军事素质过硬，成绩最佳，颜值最高。这是理工科大学的女生们难得一遇的福利。

十八九岁时，多多少少都有点制服控吧。所以，当一水儿的帅气教官一字排开站在我们面前时，心里是有些小激动的。那里面就有他，我的军训排长。

初见，就留下了很深的印象。他看上去比其他教官更年轻，更帅气好看。即使一脸严肃，也看得出藏在眼底的一抹笑意。

是的，他有一双让人印象深刻的笑眼。严肃时，因为那双眼睛，削弱了那点凌厉感。笑起来时，眼睛弯弯，非常有感染力，好像太阳突然钻出云层给人带来暖意，多云转晴，春风化雨。

可惜，多数时候，他都板着一张年轻得好看的脸。即使是在训练间歇，我们疯笑成一团的时候，他也只是远远地负手而立，就像一个谜团，躲在热闹之外。

2

那个夏天，热得一塌糊涂。操场上，我们汗如雨下；军训服的后背上，也开出了盐碱花。

枯燥乏味的军训生活没能磨灭我们的八卦心。所以，我们在游戏里小胜连长教官，问的却是关于排长的问题。

他比我们大不了多少，却已经相继没了大哥、二哥和父亲。大哥、二哥在同一场车祸中丧生，没两年，罹患癌症的父亲也走了，家里只剩体弱多病的三哥照顾双目失明、精神失常的母亲。

硬生生扛过了命运加诸身上的一切不幸，他却以三次嘉奖令告诉操蛋的命运——我、从、未、倒、下。

我们再看那个站在人群之外的背影，欣赏之外，多了一丝怜惜。我们很努力地摆臂、踢腿、正步，拔军姿、练军歌，不想给他丢脸；我们很努力地要把他拉进热闹里来，哪怕没话找话地各种攀谈。好在，努力换来了收获，他笑眼弯弯的时候越来越多。

3

他也是四川人，我们聊天的话题比别人多出那么一丢丢。他和我同姓，管我叫"家门"，距离似乎比别人和他又近了一丢丢。

此生唯一的一次实弹射击。

白花花的日头下，我托着枪在地上趴伏了很久，汗水从额头流到眼角再爬进眼睛里，刺痛得令人难以睁眼，心脏剧烈地跳动着，连带着准星也在跳跃。

大概时间过去得实在太久，我感觉到身后有人走来走去。强压住内心不断翻涌的惧怕，我瞄准之后咬咬牙，十发子弹倾泻而出，右侧肩胛骨被枪托的后坐力撞得生疼，对面报靶：93环。有人在身后鼓掌，"不错。"我回头看，我的"家门"笑眼弯弯。

一个月的时间缓慢又飞快地蒸发掉了。我们在送别的时候哭得稀里哗啦。

伤心是一种比流感还厉害的传染病，防不胜防，又无力抵抗。

4

好在，国庆假期很快来了。我们几个女生相约去了宣化——炮兵指挥学院的所在地。

年轻就是这样好，可以不管不顾，拔脚就走，即使莽撞，也很容易就被原谅。

教官们把我们安排在军校的招待所。清晨，我们在高亢的口号声中醒来。林荫路上，军人们两人成排、三人成列。

不再是教官和学员的关系，我们像朋友一样碰杯喝酒，大口吃菜。再次看到我的"家门"笑眼弯弯，我在心里叹气，如果命运能让这双眼睛一直这样笑着，多好。

后来我们偶尔通通信，讲讲各自校园的精彩和无奈。那时候，我已经有了男朋友，但这并不影响我牵挂远方的那双眼睛。

我忘了我们写过什么不咸不淡的话，只记得大概是他临毕业前的最后一封信，告诉我他在班里第一个申请了进藏。

那时候青藏铁路还没有通车，我的印象里，西藏在很远的地方，进藏的路很长，又颇多天堑险途。我有点伤感，在我心里，我把他的选择视为一场自我放逐。

5

我们的教官们终于毕业了。

毕业后的那个夏天，像我们当年去往他们学校一样，他们来了北京，住在我们学校的招待所里。

共有的回忆其实不多，但军训一个月的美好，生命力持久地留在了记忆里。

上了几年大学，我们彼此都酒量见长，喝酒喝得更是豪迈。我的"家门"像兄长一样笑着说：不要担心，我是生命力很顽强的人。

两天后，他们各自坐上南下北上的列车四散离去。我们送走最后一人回到学校时，宿舍已经关门。我们在学校的小树林里待了一夜，似乎全世界的蚊子都赶来赴这场难得的夜宴。没办法，我们去便利店买来香烟和打火机，一根接一根地点燃，再一根接一根地熄灭。

一个月后，我收到了"家门"寄来的照片，军装加身，英气逼人，笑眼弯弯，活脱脱就是一个屏幕上的柳大尉，身后，是巍峨高耸的布达拉宫。

他安慰我说：不用挂念，拉萨就是四川人的第二个家。

6

半年后的春节，我在回家的火车上痛苦地数点儿，肿胀的小腿和脚，还有难以入眠的痛苦，都在盼着 36 个小时的车程早点过去。

凌晨时分的暗夜里，火车停靠绵阳。再次启动时，一个身影站在了我的面前，笑眼弯弯。

他更黑了，高原的紫外线真不是盖的。通信时，我告诉了他我回家的大概时间，他说突然起意要给我一个惊喜。

在拥挤的车厢里枯坐了三十多个小时后，这样的遇见，的确让人又振奋又开心；但我还是有点沮丧，被他看见了我最狼狈的一面。

我的反射弧一向比较长。到了成都，送我坐上长途汽车后他转身离开，直到汽车驶过他的身旁，我才想起，为了这次短暂的相聚，他大概也一夜无眠。

此后，我们再也没有见过面，书信往来也终于在我毕业后中断。

毕业就像是一条决然的分割线，把昨天留在昨天，只允许我孤身一人去面见未来。

　　我们终于还是从彼此生命里淡去，就像曾经相遇的那样，匆匆忙忙，令人猝不及防。我不止一次地遗憾，早知是最后一次见面，为何拥抱不用力一点。

　　所以呢，这其实是篇寻人启事啦。如果有一天，我的"家门"能够看见，希望我们还可以云淡风轻地问问彼此：这些年，你过得还好吗？

永生花

"如果能过完三十岁生日再离开，我就知足了。"

哲说这话的时候，我和她靠坐在她房间的床上。她的胸脯剧烈起伏着，一呼一吸都会引发身体一阵战栗。每说一句话，她都需要停顿片刻，深呼吸两口，攒攒力气再继续。

"小样儿，说什么哪！我还盼着老了以后，咱们在同一家养老院找快活哪。这么多人和你一起努力，还怕赶不走小小阎王爷一个？把心放回肚子里，好好陪我看电视。"

我努力让语气轻松乐观，但声音里的夸张就连我自己也觉得实在拙劣。

事实上，她的这句话像一粒子弹，让我的胸口尖锐一痛，随即钻进心脏，变成一个执念——丫头，一定一定要迈进三十岁的门槛。

挂在对面墙上的电视里，正在重播《奔跑吧，兄弟》第一季。笑声、尖叫声不断，闪过的每一帧画面里，都有一张张健康又快乐的脸。

在哲的身上，遗憾和脆弱总是一闪而过。她专注地看着电视，不时开怀大笑。尽管，她用尽力气的笑，在我眼里只是苍白无力。

快乐的笑，和逗逼耍贫，是她安慰人的一种方式。我常常不知道，向死而生的是她，为何需要安慰和开解的人偏偏是健康的我？

每一次，一旦关于她生前、死后的话题被轻轻触及，我都忙不迭地逃开，顾左右而言他，像极了一个蠢笨又狼狈的逃兵。

哲躺在床上的时间越来越多。那些短暂又漫长的时光，是靠着一个又一个综艺节目消磨而过的。无论是阳光洒满房间的白天，还是寂寞深入骨髓的夜晚。

在此之前，我从来不看任何一档综艺节目。自从养成了每晚和她在微信上聊天的习惯，她挂在嘴边的节目，我开始期期不落地看，直至现在。

自从白血病病发以来，哲的世界囿于方寸之间。而我和她之间，避过沉重话题的可选方式不多，最轻松的无疑就是和她聊明星、聊综艺。我取笑她：你真是为娱乐圈操碎了心。

但越到后来，我越发现，和一个被医生判了死刑，生命开始倒计时的姑娘聊天，生与死是我们绕不开的话题。

哲的痛苦一天重似一天，度日如年。我，一个无神论者，不知该向谁祈求，让她的三十岁早一天到来。

她身边一群朋友同事，哪怕打听来任何一个治疗的机会，都循着点点微芒赶过去一探究竟，但结果无一例外，希望总成泡影。

哲说：我全身上下，里里外外，就剩一双眼睛是好的了。我死后，把我的眼角膜捐了吧。

哲说：我剩下的钱不多，大概只有两三万，都交给公司替我支持公益项目吧。

哲说：不到最后一刻，请你们不要把我送进医院，也不要抢救，让我安静地去吧。

哲说：把我海葬吧，不要留骨灰，家里也不要挂照片，都不要伤心太久。

哲说：用我的微信账号发讣告吧，一定要记得屏蔽掉我的那些病友们，别让他们又一次看到绝望。

哲说：别在我身上浪费用药了，让我痛快去吧。

她微信上发来一张多年前拍下的黑白照片，面容清秀，长发飘飘，身材纤细，青春美好。她问我：告别式上，我用这张相片好不好？

多年前的黑白照片就像沉默一语成谶，预示生命终结于青春年岁。

哲半靠在床上，不断往淘宝购物车里加着东西。

从里到外，春夏秋冬，她给父母添置了足够穿上十年的衣服行装。她对她爸妈说：别不舍得花钱，以后的日子你俩一定好好过，过得有品质有意义。她在爸妈的手机上安装了今后所有可能用到的 APP，一一设置了账户密码，教会了他们使用，并以反复考试、实际操作的方式帮助他们娴熟地掌握了每个 APP 的使用方法。

每个关心过她、帮助过她的人，她都为他们精心挑选了礼物。其实，四年多以来，像我一样，所有和她亲近一点的人都无法衡量，我们和她，彼此之间，到底谁付出更多一点，又是谁收获更多一点。

她最后给自己挑选的，是远行去另一个世界的装备。最后一次，按照自己的心意挑选了一顶漂亮的毛呢贝雷帽，一件样式时髦干练的黑色呢子短大衣……

她的状态随着体内血小板的浓度起伏不定。前几小时，我们还在担心她能不能撑过这一天；输完血小板后不久，她的眼睛里，又折射出生的光芒。

距离她三十岁生日还有一个月。我心神不定地推后了去香港的行程。她追问：怎么还不走？放心去，帮我好好看看香港，我等你回来。我用手机，给她直播只有她一个人看的游记。

我原来公司的董事长，每天早晚去医院探视她，无论她醒着或是睡去。他给她念自己写的诗，用男中音给她唱《梨花开放》……哲说：习大大管不了我，唐大大管我。

他是哲最最感恩的唐大大。哲患病四年来，他为哲组织捐款，筹备爱心社，四年来一直坚持给哲发着工资。无论哪个年节，又或是非年非节的某个寻常一日，都少不了给哲送去一份精心准备的礼物。

距离哲生日还有二十来天，她的状态每况愈下，实在令人堪忧。担心她挺不到三十岁生日那天，我们——几十个新老同事——开始陆陆续续把生日礼物寄去病房。手工拼布的靠垫、远自新疆而来的大披肩、好听的风铃、呆萌的玩偶……大批礼物涌入，堆满了她的病房。

与此同时，经由我的键盘和我的手，已经敲打好了一篇讣告。那短短几百字，是我此生写过的最难的命题作文。

距离她生日还有六天。推开门，她虚弱地对着我笑，过一会，又蹙上了眉：祥碧姐，别再来了，这么热的天，我想你的时候会让老田（哲妈妈）给你打电话的。

我像平时一样，去清晨的菜市场买来一只西瓜，榨了汁带去医院。哲从口腔到咽部到食道，已经全部溃烂，一次吞咽带来的疼痛，就让她全身哆嗦，病情已经发展到不容她喝下一口西瓜汁的地步。但我不知道，除了这，我还能为她做点什么。

我问：丫头，你还有什么心愿未了？她定定地看着我摇头：祥碧姐，所有的事我都安排好了。唯一遗憾的是，来这世界一遭，去过的地方太少太少。以后，你们多去外面转转，替我多看看这个世界。

距离她生日还有四天。她特意叮嘱老田打来电话，告诉我们这一天别再去医院。

他们一家三口安静地度过了没有人打扰的一天。哲爸爸买来三块小蛋糕权作生日蛋糕，三个人在病房里吃了，提前给哲过了生日。难得的，哲居然吃下了一整块蛋糕。

在那天，哲第一次，也是最后一次搂住生命里最亲的两个人说：爸爸妈妈，我爱你们。

老田说：下辈子，咱仨还做一家人。

哲说：我先去，以后我给你们做父母，好好爱护你们。

微信里，她对她最亲近的楠姐说：咱们心电感应吧。

距离哲生日还有三天。她在这一天陷入昏迷，从此再未醒来。傍晚时分，在她离去的那一刻，生命监测仪上的曲线剧烈地跳动起来，尖利的蜂鸣声呼啸而至。我傻傻地抓住大夫的肩膀：大夫，你看，指标有好转……侧过头，才看见大夫凝重的一张脸。

是品尝过三十岁的风景更好呢？还是永远定格在二字头的青

春更坦然？我不知道该替哲庆幸还是遗憾。

两天后，在她三十岁生日的前一天，我们和她做最后一次告别。

十几辆车的后视镜上，都系上了长长的绿丝带，打着双闪一路缓行。

礼堂内外，摆满了她的楠姐为她精心挑选的以绿、白为主色调的漂亮的鲜花花环。

门口的小黑板上，粉笔写成的美术字是她的名字，还有"追思会"三个字。

遵从她最后的心愿，我们为她请来了牧师和唱诗班，给了她一个圣洁无比的告别式。

礼堂的电子屏上循环播放的，是我们连夜赶去她家，精心挑选出来的四十多张照片，每一张上面的哲，都青春活力、笑颜如花。

小小的礼堂里，挤进了闻讯而来的同学同事朋友亲友近二百人。

哲妈妈流着眼泪说：今天，我好像女儿出嫁一样，又是伤心又替她快乐。

告别式结束后，我回到家。快递送来一件体型庞大的包裹，打开来看，是一只深蓝色的旅行箱。这是哲在临行前，在网上给我家童童挑选的最后礼物。我好像又听到了哲在说话：多出去走走吧，替我多看看这个世界。此后，这只箱子陪着我们一家去了很多地方。

最后一次入院之前，哲录下了她的遗言。录音里，她的呼吸有些吃力，说话不太连贯。

她说：生活中少一些抱怨，多一些感恩和知足。

她说：我每当遇到新一轮生命考验的时候，都会觉得之前的困境都是佳境。所以，大家都不要太贪心，安于当下的幸福很美好。

她说：快乐是可以传递的，快乐多了，人就会由内而外散发着健康美。

她说：挺过来了就是挺过来了，没挺过去就是没挺过去，其实所有的事情都是这样，过程都是拼尽了全力，只是结果不同，重要的是尽力了，无悔了。

遵从哲的心愿，哲妈妈把哲身后留下的几万块钱的财产全部捐出。

哲走后没几天，《滚蛋吧，肿瘤君》上映。我坐在电影院里流着眼泪看完。踌躇再三，我还是给她爸妈买了电影票送去，我说：哲比她还要坚强，还要乐观，还要善良，还要幸福，还要好。

每隔一段时间，我们会三两结伴，去她的墓园里小坐。

进港的飞机不断从头顶上掠过，那是一条回家的航路吧。

整个墓园里，就数哲的布置最为特别：深浅不一的紫白绿色搭配而成的娇艳又明媚的花束，谁来都会带上一两个呆萌漂亮的小玩偶、她喜欢吃的各种零食和水果，谁来也少不了开上一瓶她在病中曾经偷着喝过的 RIO 酒，粉的、绿的、蓝的……果真好看。

我们每次去，都会飞来一只黄色的小蜜蜂，围着鲜花和零食转。我们忍着泪，笑话她：哲哲，你好馋。

我们在两个平行世界里各自安好。

在我所停留的世界里，哲像一朵定格在某个娇艳瞬间的永生花，永远美好如初。

另一个世界里，她应该在开心地笑吧。

她在渐渐长大，你在慢慢变小

随着你的长大，你的生活和她的交集越来越少，
你会慢慢走出她的视线，多了体谅，少了依赖。
作为母亲，保有存在感和价值感的最好方式，
　　大概就是在厨房里和餐桌上宣誓主权了。
　　黄昏时，每一个在厨间灶台忙碌着的母亲，
无论青春还是年迈，都是世间最美的一幅画。

我的犀牛妈妈

1

母亲节，在五月。

我妈的生日，也在五月。

在我尚且年幼时，我妈经常会在结束一天的忙碌后感叹一句，"我就像一头老黄牛一样……"

这句话骗了我很多年，它编织了一个妈妈属牛的假象。直到我工作后的某年，单位搞福利，发了一个电子万年历，一查之下，我才恍然大悟——原来妈妈是住在牛隔壁的一只小老鼠。

然而，小老鼠的确有着老黄牛的气概。毫无疑问，我妈是我们这个大家庭的 CEO。

医专毕业后，她先是去了鬼城丰都的一家医院工作，后来又追随我爸在四川西南部的一家三线工厂里扎下根来，一待就是一辈子。安家落户以后，她像蚂蚁搬家一样，把她的三个弟弟一个接一个地接来，安顿在自己身边。

外公外婆走后，她就是这个精神意义上的家的主心骨，维系着浓浓的兄弟姐妹情谊。

弟弟们的工作、恋爱、结婚、安家、生子，每一桩人生大事，要管。

家庭矛盾、工作瓶颈、孩子闯祸，要管。

和老家亲戚的迎来送往，诸多人情往来，要管。

因为父母都是医生的缘故，大家庭的每个成员，进而扩展到各自组建的新家庭，所有人的头疼脑热，要管。

老家人生了大病，总要挨到父母身边方才能踏实下来，要管。

我们一家四口的一日三餐、生活起居、事业学业，更是要管。

所以，老黄牛的自嘲也并非空穴来风。

2

记忆里，我妈总是在"争"。

医院里搞的各种知识竞赛、技能PK，她给自己定的目标必须是第一，事实上，最后的结果也是第一。

我爸一辈子老实木讷，埋头书堆，从不会为自己利益去争取。所以，在遭遇不公时，在受了暗气时，是我妈风风火火地冲锋在前，不惜跑到厂长面前据理力争。

小时候，家里没有电视，每到播放动画片的时候，我就会去楼下邻居家蹭电视看。有一次，因为和那家的小朋友闹了点小矛盾，小主人伸开双臂据着电视屏幕，不客气地赶我出门……就为了争这一口气，我妈不惜四处举债，在次月就搞来电视票买了电视。

为给大舅在集体宿舍之外，争取一处可以安身立命的蜗居，她几次三番四处找人，一遍遍苦口婆心地争取。争到后来，对方无奈地摇头叹气，"你这当姐的……"

我高中转学去了一家省重点中学，为了让当时手握一把烂成绩的我，在新学校里能得到多一点的关照，她也是想尽办法地争取。

那些年，我妈就像一只护雏的母鸡，警惕地环顾四周的危险，给我们一家人撑起一片安全广阔的天。她用我们并不喜欢的"争"，让我们得以坦然地活在自己的世界里，与世无争。

3

我妈——这个像犀牛一样强悍的知识女性，在我还是一个小小婴儿，因为呛奶而憋得面色青紫几欲窒息的时候，果断地用一只手倒提我的双脚，用另一只手用力拍打我的背部，生生抢回了我一条小命。

时隔 30 年后，在我的女儿、她的外孙女突然昏厥不省人事的时候，我在一旁声音颤抖着尖叫，她冷静地故技重施，先是倒提双脚击打背部，让小家伙喘过一口气来，再把小身体放平在地板上，狠掐人中。

我亲眼目睹过一次我妈更加登峰造极的强悍。

一个四五岁的农村小女孩，从很高的地方失足坠落，被十来个亲戚用担架抬着走了近十里山路送到医院。医院急诊科接诊时，小女孩已经腹胀如鼓，全身抽搐，眼神涣散。紧急手术前必须确定内脏器官的出血点。

女孩被送进了我妈所在的 B 超室，那时，内脏出血已经导致整个腹腔充盈着鲜血，超声波探查根本无济于事，一旁守候的外科医生慨叹："这根本没法看清楚啊，只有打开腹腔来碰运气了。"

也不知道我妈用了什么方法，凭借什么判断，总之，她在十分钟之内准确地找到了出血点，或者说，大胆地推断出了出血点。总之，手术成功，女孩获救。

这个强悍的女人，在我很小的时候，就让我知道了一个叫"效率"的词汇，知道有个叫华罗庚的科学家，提出了一个叫"优选法"的概念。

先淘好米蒸上饭，蒸饭的锅也别闲着，再放上点香肠腊肉一并蒸了。等米饭熟的 30 分钟里，可以择菜洗菜炒菜，可以烧上一壶开水，可以顺便让洗衣机转起来。空闲着的人手，还可以打扫打扫家里卫生。

在每天中午下班、放学后的半小时时间里，我们一家人像 4 个陀螺一样高速旋转。对效率的极致追求，换来的是，中午宝贵的午睡时间。

4

作为家庭主妇，我妈无疑是精明的。

和精明伴生的，是节俭。这个习惯深入骨髓，无可救药。

小时候，我最不喜欢的一件事就是随我妈去菜市场。反复转过好几圈，比较过菜的成色水果的甜度，看过肉的部位颜色肥瘦，摸过鸡嗉子是否被灌满了糠，问过很多摊位的价格后，我妈方才会出手，出手前，还得再进行一轮讨价还价。

在物质匮乏的 20 世纪 70 年代末 80 年代初，作为一个家庭主妇的最大能耐，就是想方设法让餐桌上的肉多一些，花样翻新地用有限的原材料做出各式美味来。

印象里，我家的餐桌上，是每天都有肉的；还有水果，无论春夏秋冬，每天至少保证一个。这在当时，大概也算得上中等品质的生活了吧。我不知道我的父母是怎么做到的。

20 世纪 80 年代初，货币贬值、物资涨价的传闻甚嚣尘上，在那场举国轰动的大抢购里，我妈麻利地囤积了够用上十来年的诸如肥皂之类的日用消耗品。

因为我们仨的挑食，我妈承包了所有的鸡皮鸭皮，她说皮是人间美味，我一直对她的喜好将信将疑。直到现在，每当我在厨房里把鸡皮挑出来扔掉，她就站在一边心疼地啧啧摇头，有时候，还会趁我不注意，抢救回来几块。

让她同样不舍的，还有剩菜。不管《养生堂》的节目里有多少专家说"剩菜有害"，在我要把剩菜倒掉的时候，她总是奋力抢救，选择性地对专家意见置若罔闻。

对一件衣服穿了十几年，由长袖改为短袖，再变成背心，最后归为抹布这种事，她一向觉得很骄傲。

在我妈常年对我的教诲里，有一句话把我的耳朵都听出了茧子来，"吃不穷，穿不穷，没有计划才要受穷。"

我说："妈，您落伍了。"

她一怔，"老理儿到哪个年代也不会错。"

5

节俭的她又是热心和慷慨的。

她去田间地头采来一种叫作"艾"的野菜，一锅一锅地蒸了猪儿粑，给舅舅们、朋友们送去。

路上见了要饭的，我掏出一两块钱要递过去，她嫌少，非得拿出五块以上才满意。

朋友的孩子大学毕业，她一次次打来电话问我："能不能帮忙在北京找份工作？"

我第一个月上班，自作主张从第一个月 470 块的工资里拿出 200 块，给在成都的舅公寄去，这事她在暗地里表扬了我很多年。

老家的姑姑病重，她打来电话，是提醒也是训斥："你不要不懂事。"话虽然不好听，但我乖乖照做，请她转达了一份不薄的心意。

人情往来，她给的红包定然少不了。几年前，一位远房亲戚过世，她给的 1000 块钱，让血缘关系更近的几位亲戚大大地尴尬了一番。

每年的大年初一早晨，我家的固定娱乐节目是有奖吃汤圆。三颗汤圆里分别包进了一粒、两粒、三粒枸杞子，分别代表一百元、两百元、三百元的奖金，这彩头是我妈自掏腰包拿出来的，年年如是。每年大年初一的早晨，我家的餐桌上都是一派欢声笑语。

6

我们从来羞于当面说对方的好，但我妈从不吝惜背着我把我夸成一朵花来。

一次朋友来家里做客，我去厨房备饭的工夫，两人已经聊得热火朝天。

就因为朋友的一句客套话"您女儿真棒"，勾起了她满满的自豪感，我推门而入地时候恰巧听见她掷地有声地说，"我姑娘是少有的能干吧？"朋友在一旁忍着笑频频点头。

看见这一幕，臊得我满脸通红。

春节前用滴滴叫车，接单的是一辆Q7。我跟我妈开玩笑说："老太太，运气不错哦，是辆豪车。"

司机是一位儒雅的中年男士，很健谈，没几句寒暄，就把自己的情况和盘托出。

男士说："我不是专职干司机的，就是顺风车接接人，避免资源浪费，我是哈工大毕业的。"

我妈赶紧接话："我女儿是北理工毕业的。"

男士口气比较狂放："高考那年很遗憾，差了几分没去上清华，后来上了哈工大，好在……比北理工强点。"男士从后视镜里看了看我。

我疲倦地把头撇到一边，敷衍道："那太遗憾了。"

我妈不干了："为啥哈工大就比北理工强？"

我昏昏欲睡。他们争执一路。

看见一辈子争强好胜的我妈，在一个能言善辩的逻辑男手里吃瘪，这一幕让我觉得好好笑。

7

在很小的年纪，我就开始了不满和逆反。

不满我妈我爸联手的严厉管教，让我坐在书桌前度日如年，好朋友们都不敢来家里找我玩。

不满我妈织的毛衣，除了厚实温暖，不如别家妈妈给女儿织的那么颜色绚丽款式时髦。

不满我妈给我买的衣服，永远和我的审美站不到一条统一战线上。

不满她的老生常谈"今天想吃点什么"，还有在饭桌上时时刻刻的布菜，让我对吃饭这事感觉索然无味。

不满她偷偷翻看我的书包和小纸条，企图洞察我一团乱麻的少年心事。

其实，这些不满，只是少年时，我需要找一个为自己开脱的理由，比如泯然众人，比如厌学怠懒……

8

大概，除了生死以外，误解和理解、拿起和放下、纠结和释然、跌倒和爬起，也是人生的必然。

有人说，两样事物不可错过：

最后一班回家的车，一个深爱你的人。

这深爱你的人，既是陪你走完后半生的爱人，也是和你血脉相连的儿女，更是倾尽一生护你周全的父母。

还好，我都没有错过。

你呢？

随着你的长大，你的生活和她的交集越来越少，你会慢慢走出她的视线，多了体谅，少了依赖。作为母亲，保有存在感和价值感的最好方式，大概就是在厨房里和餐桌上宣誓主权了。

黄昏时，每一个在厨间灶台忙碌着的母亲，无论青春还是年迈，都是世间最美的一幅画。

去菜市场之前，她大概会问：今天想吃点啥。

下班了，她大概会一个电话接一个电话地打来问：还有多久到家。为的是你一进家门，一分钟前才刚刚出锅的菜，正在餐桌上热气腾腾。

饭桌上，她大概也会完全不顾及你的身材，不停地劝你吃吃吃吧。

一火车头的唠叨，真是甜蜜的负担。

多年前，她总对你说：有妈在。

现在，你越来越多地接过她身上的担子，安慰她说：有我在。

祝天下母亲，母亲节快乐。

祝妈妈，生日快乐。

长不大的小孩

1

有点让人难为情的是，从小到大，我一直用叠音词叫"爸爸"。到今天，爸爸已近七十三岁，而我也已越过四十岁的山丘。几十年来，外人对爸爸的称呼"曾医生"不曾变过，我对他的叠音称呼"爸爸"也不曾变过。

对爸爸最早和最深的记忆是我四五岁时牵过的他的手和安坐过的他的肩膀。

四五岁时，电影虽看得似懂非懂，但每逢看到紧张处，总会抓起爸爸的手捂在我的眼睛上，那双手骨节分明、青筋毕露，触感极其丰富。眼睛捂上了，心里的紧张就消散了，我的小手指头就按在爸爸手背突突跳动的血管上，一来一回地揉按着玩，感觉皮肤下的青筋在腾挪躲闪。

每逢电影散场，我必困得颠三倒四，自己走路的结局就是无一例外地摔跟头。于是，上山回家的一路上往往是这样的场景，要么我的两手抓着爸爸的一只手，闭着眼睛，任由他拖着我一级一级台阶地迈，要么我就安坐在爸爸的肩膀上，小腿肚在爸爸胸前一叩一叩的，一路做着磕头虫。

爸爸走路快、步幅又大，我妈总说他走路像是在急行军。我小时候很喜欢连跑带颠地跟在他身后，跟着跟着，有时候会忘了去看脚下，一趔趄跌下去，往往伤在额头上，导致成年后的我，右额头仍有一块不明显的凸起。

那个年代学滑旱冰没有那些遍布全身的保护装备，孩子们所倚仗的，除了旱冰场四周的铁栅栏，再就是父母或是兄弟姊妹的搀扶了。在别的小孩以一脸的鼻青脸肿交学费的时候，我顺利过关，甚至一趔都没有摔过。并非我有什么过人的运动天赋，而是在初学时身边始终有一双手在护我周全，开始跟跄前行时，爸爸始终小跑着跟随在我左右。幼时不以为意，等到我小跑着跟在学滑板的女儿身后气喘吁吁时，才觉察到护犊的那点不易。

鱼，是我家人的最爱。在我上学前，爸爸经常去钓鱼。应该说，除了泡在他的医学书籍里和看新闻联播以外，钓鱼是他当时唯一的爱好了。爸爸钓技不错，鱼篓里的收成通常不小，在凭票供应肉食的年代，这一技艺极大地丰富了我家饭桌上的优质蛋白质，再加上我妈有着不错的厨艺，这些来自大自然的馈赠也就顺理成章地变成了我家餐桌上的美味。

可惜好景不长，自打我哥和我相继上学后，爸爸减少了钓鱼的次数，忘了从什么时候开始，这个数字悄悄降到了零。原因无他，我爸开始践行他的一套教育方法。

2

这套方法的核心要义是身体力行。凡不让我们做的，爸爸必身先士卒地做到。每晚，家里电视亮起的时间只限于新闻联播和天气预报时段。我和哥哥在书桌前如坐针毡的时刻，爸爸必捧本医学杂志，坐在一旁的藤椅上，专注地看书、记笔记，颇有点和我们身上的顽劣殊死对阵的架势。于是我和哥哥都空前盼望晚上9点的来临，这是我们雷打不动的睡觉时间。

其二，远离一切闲书杂书。那时，我疯狂地爱着那些课外书，借来的小人书、小说、杂志，被爸爸发现后，少有不被撕毁的，撕了之后，爸爸再拿钱给我去赔给同学，他试图以这种严厉的方式断绝我看闲书的念想，没成想这种猫捉老鼠的游戏倒促成了一个小小发明家的诞生，我自创了很多偷看小说的方法，也因此而收获了一副厚重的眼镜。

其三，爸爸信奉黄荆棍下出好人的古训。所以，小时候，贪玩的我和哥哥都没少挨揍。我和哥哥略有不同的是，随着年龄的增长，任由爸爸出手有多重，上初中之后的哥哥挨揍时从来倔强地不允许自己掉眼泪；而我，在爸爸手里的棍子高高举起还未落下时，就早已经泪眼婆娑，博得一个从轻发落。

其四，许我们一个美好的未来。爸爸说，只要你们上了大学，我不会再管你们。那是一个关乎自由的承诺，我信，但始终感觉遥不可及。

那些日子长得似乎望不到头，每个彼此相守的夜晚都暗流涌动。坐在书桌前，真真体会到那种"身未动、心已远"的感觉，放空和发呆成为常事。我和哥哥都知道，那时的学习效率很低，甚至，连家庭作业也无心完成，总是等到第二天一早的起床号响起之后，再偷偷鬼画符般地写完了事。

爸爸日复一日地坚持做着他理想中的严父和慈父。

除了学习本身，他把能替我们做的事基本都做了。我的铁皮笔盒里，永远整整齐齐码着一排削尖脑袋的铅笔，那是爸爸在每天晚饭后用小刀一点一点削成的。和用卷笔刀削的笔相比，记忆中，经由爸爸的手削的铅笔，颜值又高又无比经用。

他和我妈花了很大心思，力图给我们最好的饮食用度。我家住在山上，菜市场和工矿商店都在山下，采购东西多有不便，来回一趟光路上时间至少二十分钟，他一趟趟不厌其烦地往返，忠实地做着搬运工。

他和我妈在意我们的健康到了令人发指的地步。

爸爸的刀功一直不错，拿刀的手很稳，给苹果削皮往往一气呵成，又薄又均匀。在他的坚持下，所有水果在吃之前都必须洗净削皮。

因为很瘦的缘故，爸爸特别怕冷，同样温度下比常人穿得都要多，他把他对穿衣的要求也带给了我们。每个冬天的早晨，他习惯性地叮嘱我和哥哥多穿衣，并且在我们稍有咳嗽、喷嚏的时候，半是生气半是责怪地说"看你们不听话"。于是，在相当长的一段时间里，我和哥哥如果想要咳嗽或是喷嚏，往往第一时间飞身扑到床上，把声音杀死在厚重的棉被里。

川内多雨，且预报不准，在每个飘着雨点的放学时刻，走出教室，定能看到爸爸举着伞站在门外的身影，那些雨中漫步的欢乐，爸爸是连半点尝试的机会都不肯给我们的。

但这一切，并不能消弭两代人之间的隔阂。我们相互不理解，相互斗智斗勇，相互敌对怀疑，相互伤痕累累。青春期和更年期的那场缠斗是如此惨烈，乃至最后两败俱伤。哥哥以他的叛逆彻头彻尾地告别了大学，而我，侥幸逃脱。

3

我上大学和爸爸退休是前后脚发生的事。退休后的爸爸兑现承诺，除开安全和健康之外，学习不再是他挂在嘴边的紧箍咒。而我，终于获得自由。

退休后的爸爸把自己的生活安排得井井有条，雷打不动的作息时间表是：清晨六点半起床，通常以一碗面条作为早餐，然后下山去买菜，之后再去一家药店坐诊，那里除了有一堆人等着爸爸给看病以外，还有四面八方慕名而来请他针灸的人，面瘫的、偏瘫的、偏头痛的……爸爸一般在中午前结束门诊和针灸，然后赶回家给我妈打下手做饭，午觉之后他会和几个投脾气的老爷子一起大摆龙门阵，然后回家做晚饭、期期不落地看BTV-1的《养生堂》，饭后看完新闻联播他会以他急行军的方式快走至少一万步，回家后他要么再看看新闻节目，要么整理他的医学笔记……十点前，必然准时上床睡觉。

他说他不想给儿女添负担，于是他把自己照顾得好好的。一日三餐，均衡营养，餐餐有节制地做到八分饱。他天天快走，着重锻炼一些易发生老年退行性病变的关节。每年定期体检，各项身体指标都棒棒的。

他选择性地接受新鲜事物，这么多年，唯有计步器和手机的拍照功能是他接受并且坚持用下去的。每一期的《养生堂》看完，他都会用一手漂亮的行书及时誊抄成笔记，再反复重温加深印象。

他的那些堆满整个书柜的笔记是他宝贵的私产，可惜哥哥和我无人继承。作为一名退休医生，他的那些来自周边市县，甚至全国各地的病人就是对他最大的褒奖。

解甲归田，爸爸重新成为那个慈爱的爸爸。又或者，是我艰难地度过了难言的青春期，重新和爸爸握手言和。

每年的生日，总会接到爸爸的电话，电话里他带着一丝腼腆对我说："二妹，今天是你的生日，生日快乐哈！"

每逢春节回家，爸爸总是买上一大堆各种鱼，生生把家里的浴缸变成鱼池，再换着法儿地变成餐桌上的各种美味。

隔山隔水，他最担心的是我们小家庭的安全，每通电话里必然少不了提醒我最近流行的一些新型骗术。尽管这样，我在北京的家仍然没有逃脱被盗的命运，在那个被入室盗窃的圣诞节，我们一家三口异口同声地相互叮嘱说："千万别告诉外公。"

爸爸恋家，从我离家上大学至今的二十三年里，爸爸到北京来的次数屈指可数，每次小住就是一次穿越，他又穿越回那个除了学习什么都替我们做了的年代。

临上飞机前，我的一个闺密突然面瘫，爸爸二话不说，把针灸针打包装进了旅行箱，还有消毒用的酒精棉，下飞机第二天就开始给闺密针灸。医者仁心，无论在四川还是北京。

他说北京风沙大，我们上班走后，他会上下午各拾掇一遍，把我家的木地板和家具擦得锃亮。

无论买菜还是郊游，无论在学校门口接送女儿还是在公交车站接送我，爸爸和二三十年前并无二致，还是坚持拎最沉的东西，还是固执地抢过女儿的书包、我的电脑包背在自己身上，争抢的力气一如既往地大，消瘦的手背上依然青筋毕露。

我开始晨跑之后，他每天会照顾我的时间，在我晨跑的路上快走，为的是做一个移动储物箱，替我抱住脱下来的羽绒服。

他还是会削好水果切成块，小心地用保鲜袋装了，带去接外孙女。放学路上，通常是爸爸接过书包背着，小不点用小叉子幸福地吃着水果。

他尽力修正我们不够健康的饮食习惯和生活习惯，不厌其烦地给我们讲那些健康知识。按照爸爸的标准，我们每周至少应该吃三次鱼，所以每隔几天他就会去一次大的菜市场，买来七八斤重的鱼，花上两三个小时一点点地切片、分装好，鱼骨做酸菜汤，鱼片用郫县豆瓣炒着吃。为了降低钠的摄入，他说服我们隔三差五用白水煮了蔬菜来吃。

我知道，在爸爸眼里，我们从来就没有让他放心地长大过。父爱如山，沉甸甸地压得我头都抬不起来。

现在的中小学教育，把阅读和中文素养提升到了一个前所未有的高度，拿着老师给女儿开列的一份长长的书单，我装作不经意的样子对爸爸说："现在不读万卷书就没法行万里路了。"爸爸喃喃自语："时代真的变了……"

走在路上，每当听到周围传来乡音，他会兴奋地对我女儿说："你听，那是四川人！"女儿当笑话讲给我听时，我知道，离家两千里，爸爸想家了。

再过二十天，就是爸爸七十三岁的生日。这篇小文，就当给爸爸的生日礼物了。

想要对他说一句：很爱很爱你，今夜如此，夜夜皆然。

老爸用微信了

1

中午时分，我那快七十四岁的老爸打来电话，不好意思地让我给他取个用于微信的网名。

我有点错愕。一直以来，老爸是个与网络绝缘的人，有限的上网都是我们这些小辈替他查了资料给他看，使用的手机功能只限于电话、通讯录、拍照，至今仍然用着我给他买的欧姆龙计步器，全然不知道也不理会那些方便的手机 APP。

我忍不住在电话里笑起来，打趣地问："爸爸，您怎么突然要用微信了？"

老爸有点腼腆地回答，刚刚参加完大学同学聚会，大家纷纷用着微信，并抱怨他的落伍，一再催促他赶紧把微信用起来，加入微信群里，平日里也好和同学们聊天。

我的脑子一时短路，根本想不起来给老爸起个什么网名才好。我试探着问："用您的真名不挺好的吗？实在！反正将来您的微信里除了家人同学朋友以外，也不会有别的人。"

老爸明显不太满意，他说："我有位男同学网名叫老顽童，有位女同学叫……"

哈哈，七十四岁的老爸太可爱了。我的手机贴在脸颊上，嘴角一直愉快地上扬着，我逗他："起名字可得慎重，那我好好想想，想好了再给您回电话。"

可转脸，我就把这点事忘到脑后了。再想起来，已经是一个小时以后了。我猜，这一个小时，爸爸一定手机不离身，等着他的宝贝女儿打电话过去。

思忖片刻，我给老爸打电话："爸爸，我想了两个名字供您选择，您看'老曾'这个名字好不好？我曾经是'小曾'，后来不好意思加'小'字了，就变成了'曾'，您是我爸爸，叫'老曾'很合适啊。"

老爸沉吟了一会，问："另一个名字是啥？"

看来还是不满意，我无奈地推出第二个名字："'海阔天空'，这名字够大气吧，很适合您。"其实我知道，网上用这个昵称的人多了去了。

我没给更多选择，老爸勉强同意了。

"爸爸，晚上找哥哥帮你装上微信设置好吧。"

"不用，我随便找个人帮我摆弄好就行了。"

"让哥哥好好教教您怎么用吧。"

"不用担心我，倒是你们要多注意，最近电视上报信用卡诈骗、网络诈骗的特别多，各种稀奇古怪的手段，很多都是高科技犯罪，一定多加小心。"

爸爸对于我们安全和健康的担心历来是老生常谈，随时挂在嘴边。

2

想想突然有点心酸。

我们在自己的世界里各自精彩，全然没有想过也带年迈的父母去领略一下这个时代的精彩，比如现在通讯的便捷，资讯的广博，各种科技和应用的新奇特。

我们潇潇洒洒地走了很远，父母还在原地不知所措地张望着。我们象征性地冲他们招招手："这里有好多新鲜玩意儿呢，来吧，我教你们。"他们不好意思地推拒："不用了，这些我们都用不上。"然后，我们理直气壮地站在远处，抱怨着他们的落伍，他们的什么也不懂，他们无意义的操心和碎碎念。

我们只会在自己一天天长大、成熟、老去以后，才会明白，对这个世界的好奇心，从来不会随着年龄老去。

父母们慢慢接受落伍这一事实的背后，有多无奈就有多残酷。他们不再年轻，不再孔武有力，脚步再也跟不上飞速向前的时代节奏，而我们，就这样轻轻悄悄地放开了曾经把我们带进缤纷世界的那双手。

以前，每当看见朋友圈里有人抱怨，加了父母为好友的微信朋友圈完全变了味，我就暗自侥幸又欣慰：我的爸妈从不上网。

如今一切反转。

我还没做好准备呢，老爸就打来电话希望给他起个好听的网名；我还没教会他用手机上网呢，他就要自己摸索着用微信了；我还没来得及把各种网络上常见的骗局陷阱告诉他呢，他就要去面对那个虚拟无常的网络世界了。

单纯如他，让我们怎么放心得下。

3

刚刚有了平生第一个网名的老爸在电话里自豪地报告说："我昨天刚去做完例行体检，各项指标都很好。"

老爸说很好那就是真的很好，各项数值绝对是位于合格区间的中间部位，既不会险险过低，也不会临近高限。这是老爸常年自律，重视饮食健康和科学锻炼的结果，也是我和哥哥收获的最大福报。

想起父母常挂在嘴边的"不想给儿女添麻烦"；

想到老爸接下来可能会在微信上把他的儿女加为好友；

想到他会欣喜地发出第一条朋友圈；

想到他会生涩地给他同学发去第一条语音留言；

想到他会好奇地点开每一个写着"是中国人就转"的链接来看；

想到他会在儿女发出的每一条动态下面点赞；

想到我以后可能会在朋友圈里谨言慎行……

我是又快乐又心酸。

拜托，如果恰巧在微信上遇见一个名叫"海阔天空"的人，请问问他是不是"老曾"，如果是，请帮我给他留言：欢迎你，新朋友！

妈妈的移动厨房

1

妈妈每次自四川来京，那出行的阵仗都有如一场大迁徙。

从给她订完机票的那一刻起，我们母女俩就开始了关于带什么东西来北京的隔空喊话。

我一遍一遍苦口婆心地劝：

除了您的衣服，什、么、也、不、用、带！

现在超市里什么东西买不到啊？

退一万步，超市里没有的话，还有无所不能的大京东大淘宝啊。

再说了，我们现在对吃的并没有那么讲究。

妈妈充耳不闻地引诱我：

"你最喜欢吃的烧腊不要吗？

"今年的腊肉香肠做得特别成功。

"无核橙和血橙刚刚摘果，你去哪能吃到这么新鲜的？

"我总得带点趁手的调料吧，你那里买的都不是那个味儿。"

临行前的电话里，我妈总不忘向我最后确认：

免费托运行李限额是 20 公斤吧？

偶尔，还会来上两句自我安慰：

你好像说过，稍微超点重人家也不会计较。

实在不行我就随身带些上飞机。

对于我妈这一年一度壮观的食材大搬家，我的内心其实是拒绝的。

但这点负隅顽抗，在我妈的一意孤行面前根本就是徒劳。

2

接机前，我们必须得把汽车后备箱全部清空，以迎接那些自 2000 公里外远道而来的川籍食物，它们俨然构成了一间随我妈迁徙两千公里的移动厨房。

我最爱的烧腊来了——几个猪耳朵、猪香嘴、核桃肉，当然，还有必不可少的烧腊调料。买之前，爸妈甚至会就买哪家的烧腊郑重其事地讨论半天。

我同样爱着的黄粑（竹叶粑）、粑丝糖也来了。在小时，这是四川家家户户几乎都要做的年货。现在自家不做了，我妈就守在专卖这号风味食品的铺子前，看着老板现场炒制熬糖入模包装出来。

无核橙和血橙也来了，还有几截甘蔗。因为太占分量，所以对于带不带它们，我妈也会犹豫犹豫。但一旦有旁人稍加鼓励，她立马毅然决然地装进行李。

　　自家做的香肠腊肉必不可少，板鸭、腊味猪尾巴间或也有，作为地方特产的豆腐干牛肉干更是不能落下。

　　更夸张的一次是，我妈嫌北京的猪肉不够香，生生从四川背来了两碗做熟冻好的梅菜扣肉。

　　早些年，我妈甚至带来两瓶我家代代相传的老坛泡菜母水，帮我在北京起了两个大大的泡菜坛。可惜，前些年家里装修时，因为长时间疏于照料，两坛泡菜水悉数坏掉，我妈为此遗憾了很久。

　　至于做川菜所需的一些辅料，譬如做粉蒸肉用的蒸肉米粉、做汤圆用的糯米粉、做汤圆心子用的桔红、做猪儿粑用的艾叶、做梅菜扣肉和宜宾燃面用的芽菜、做回锅肉和三鲜汤用的干笋尖、做豆豉鱼用的黑豆豉，还有常用的辣椒面和花椒，一个也不能少。

　　我妈酷爱的一些蜀地风味小食也会随她来京。比如闻上去臭臭、吃起来巨香的水豆豉，比如自家做的辣味豆腐乳。有一年，机场工作人员死活不让一大罐豆腐乳登机，无奈之下，我妈只得把它遗弃在机场，为此，她心痛了好些年。

　　如果去机场前还有时间逛逛菜市场，我妈兴许还会抄上一把鲜翠欲滴的豌豆尖和折耳根带来。

　　一进家门，我妈顾不上旅途劳累，满心欢喜地打开一件件行李逐一盘点，献宝似的把她的件件宝贝拿出来举给我看，丝毫不理会我的眉头紧锁。

　　于是，我的杯盘碗盏，我的冰箱，我的厨房，我的阳台，甚至窗户外的空调外机上，都逐一被填满，我在自幼时起就熟悉的各种味道里沦陷。

3

从第二天的第一餐饭开始，我妈就接管了厨房。

和"吃"有关的每个角落都被我妈细细巡视一遍，新任厨房女王要求自己一定要做到知己知彼，心中了然。

那些因长期闲置被我收进橱柜里的锅碗瓢盆们重新登场，摩拳擦掌地等着一展身手。

油盐酱醋糖的位置被按照一个新主妇的习惯重新排排座。

菜刀的刃口也重新变得锋利起来。

至于我们的嘴和胃，也被一并军管。

一日三餐再不能妄想对付着吃上一口，或是干脆省略。

也再不能指望图一时省事去外面餐馆吃饭。

餐桌上，医生出身的我妈一边给我们大讲饮食健康，一边下狠手天天换着花样做出一些大杀器把我们喂胖。

因为有了那些从四川远道而来的食材，我妈做起饭来底气十足。

我的筷子比我诚实，拒绝不了那些"妈妈味道"的诱惑，甘愿在四川美食里泥足深陷。

可气的是我妈，每每在我吃到撑得不行不行的时候，还在一边问：要不要再来一碗汤？

或者引诱我：再盛小半碗米饭，就着水豆豉吃，香！

那时，我的所有悔意、自责和愤懑，都会化为恼羞成怒的一声喊：别、再、劝、我、吃、啦！

我妈回以一句带着笑意的嘟囔：你又不胖，吃得又不算多，怕什么。

有人说，有种冷，叫作你妈觉得你冷。

我深深觉得，有必要再加上两句：

有种不胖，叫作你妈觉得你不胖。

有种没吃饱，叫作你妈觉得你没吃饱。

自打我妈远自四川而来的"移动厨房"进了家门，我家的厨房空间蓦然变得拥挤了，丁零当啷的声音变得嘈杂了，用来讨论吃啥的时间更多了，家和楼道经常弥漫着可疑的香气，洗碗工王先生饭后需要干的活多出一倍不止，体重秤上的数字一再创出新高，朋友们经常有意无意地在饭点登门造访……

每晚，无论我多晚回家，也无论我多么小心翼翼地放轻脚步、蹑手蹑脚地推开家门，我妈的卧室总是迅即就亮起了灯。就像一直在侧耳聆听、一直等在门边一样，妈妈从卧室里快步走了出来，接过我手里的电脑包，第一句话总是：锅里还给你备着饭菜，热的，吃上一口。

在孩子们长大成人、各自为家以后，那份厚重的母爱并没有因为肩上养儿育女的担子放下而变得轻松起来。

我时常宽慰妈妈：我和哥哥都家庭和睦、婚姻美满，虽不是大富大贵，但总算是衣食无忧，您还有什么可担心的？

可做母亲的，心里永远放不下的焦虑是——孩子，你过得累不累、吃得好不好、穿得暖不暖？

爸爸的算术题

1

我的爸爸今年七十四岁，从二十四岁医科大学毕业起，从医至今。

爸爸虽然早已退休，但实际是退而不休。来自四面八方的病人，促使他不得不坚守在自己的职业岗位上。

实际上，对他而言，给人看病不仅仅是职业使然，也是他生活乐趣的重要来源。需要与被需要，有时候都是一种惯性，他享受这样的惯性带来的忙碌感和成就感。

我常常觉得爸爸的一生单调无趣。日复一日，和怎么望也望不到尽头的病痛、疾苦相伴。看多了病人，包括自己的同僚，一个个在疾病面前倒下，爸爸引以为戒，生活方式越来越讲求健康，越来越规律。那种自律，实在无趣得可怕。而各项身体指标超乎寻常地好，历来是爸爸最引以为傲的事，要知道，医护人员是和传染病毒距离最近的人。保全自己，大概也是一名优秀医生应该具备的能力。

五十年的漫长岁月，给爸爸积攒下一笔丰厚无价的财富——沉甸甸的从医经验和热爱。

从我六岁时起，爸爸就不停地在我耳边宣扬——医生是个有前途、受人尊敬的职业。他一直心怀希望，希望在我和我哥中间，至少有一人接过他的衣钵成为一名医生。然而，我们都让他失望了。

小时候跟随父母去医院的次数很多，看多了伤口和鲜血，听多了呻吟和哀号，时时刻刻被提醒小心病菌和传染病，早早地，就在我心里种下了一大片阴影。

如果有可能，我是宁愿一步也不踏入医院大门的。

从这一点上来说，我这个医生的孩子，比任何人对医生都有偏见。

偶尔，我的脑袋里会闪过一些念头和想象：假如，我上了医科大学，接班做了医生，现在会是在哪里过着怎样的生活？在接诊室里是热情洋溢还是表情麻木？是被歌颂还是被声讨，抑或碌碌无为、泯然众人矣？而现在，是已经逃离还是继续疲惫坚守？

生活的真相之一就是，我们在一个又一个的人生岔路口徘徊，最终会选择一个方向继续前行，但总会忍不住去想象另外的种种可能性，和另一些人并肩、过着另一种生活、看另一条路上的风景。

2

说回我爸爸。

关于他的过去，拙于言表的爸爸告诉我们的寥寥无几。除了轻描淡写一带而过的家境贫寒、求学艰难以外，就是他两次与人生另一种可能性擦肩而过的经历了。

一次是在他高中时，成都军区招飞。当时根本就是懵懵懂懂的他，被学校推荐去参加飞行员选拔考试。

白天的文化课考试和身体素质测试都很顺利，不到二十岁的爸爸多少有些兴奋和期待。夜深了，同居一室的其他几个年轻人都已熟睡，爸爸还停留在浅浅的半梦半醒之间。

这时，房门被轻轻推开，一个黑影蹑手蹑脚地走进来。爸爸的脑部CPU高速运转，情知在部队大院里是不可能有贼潜入的，那只能是部队上的人。可是他深夜摸进屋子里想干什么呢？爸爸佯装熟睡，没有动弹。黑影手里持了一件金属材质的小器物，在钻进窗户的月光里，若隐若现地泛着银色的微光。

黑影逼近床边，爸爸的腰间突然一痛，一个尖锐物体戳进了他的皮肤，他紧张地猜测：是要测试忍耐力吗？他一动不动。针刺的力量在加强，爸爸痛得肌肉绷紧，但仍旧咬牙坚持着，一声不吭。

第二天，爸爸接到了淘汰通知。原来，深夜潜入的是教官，针刺考察的是应激能力。在对对方战术意图的揣摩上，爸爸完败，也因此与飞行员这一职业擦肩而过。

遗憾吗？也许吧。爸爸当时并无太多的选择权利，只是被命运裹挟着往前走去，磕磕绊绊。一条路被堵死，另一条路随即被打开，这大概也是生活的真相之一吧。

我想象不出爸爸当了飞行员的样子。

另一次是在他大学毕业时。当时二十四岁的爸爸，从医的命运已定，但就像蒲公英一样，面临两种选择，可以飘飘摇摇，飞去不同的地方，要么去成都的机场，要么去地处荒僻的三线兵工厂。爸爸最终选择了后者。

我猜，他的选择多多少少和荣誉感有关。那个年代，能够支援三线工厂建设，是一个中国人无上的光荣。此外，现实的考虑必然也有，相对于地方，当时的三线工厂虽然地处偏僻、生活不便，但工资收入、福利待遇相对优渥，这是从赤贫农村走出来的爸爸很难拒绝的诱惑。

此后落地生根，一去便是五十年，直到现在。

3

一个再普通不过的下午了，我接了爸爸一个再普通不过的电话。

他孩子气般高兴地汇报：这两天，又治好了两个面瘫病人。

我说：别太累。

"不累"，他的语气里，明显的，欢欣多过疲累。

我突然兴起，想给爸爸的一生做做算术题。一算惊心。

如果按日均接待 20 位病人计算（这个数字只少不多），这五十年间，爸爸至少接待过 36.5 万人次的患者（50 年 × 365 天 × 20 人次 =365000 人次），我一度以为计算器出错，反复摁了几遍才确信了这一数字。

爸爸是内、儿科医生，年轻时，基于兴趣，又自学了中西医结合疗法和针灸疗法，变成了一个杂家，也因此在当地小有名气。

方圆百里，常常有人慕名找来，甚至有一些身在广州、西安、上海的病人，也循迹而至。

如果按每月针灸治愈5位面瘫病人，按爸爸正式接待针灸病人二十年来计算，经他手恢复正常的人也有1200人了（20年 ×12月 ×5人 =1200人）。

如果按每月针灸治疗两位偏瘫病人计算，二十年来，他治好的偏瘫病人也有480人了（20年 ×12月 ×2人 =480人）。

爸爸是众人嘴里的书呆子，不看病的时候，他总是戴着一副老花镜看医学杂志做精读笔记。有一年，订阅的杂志寄丢了一本，他心急火燎地让我给编辑部去信，寄去钱补买来。

如按他每月至少精读两本医学杂志计算，五十年来，他阅读了1200本专业杂志（50年 ×12月 ×2本 =1200本）。

如按每五本杂志的精读笔记写满一本计算，爸爸累计写下了240本笔记（1200本 /5=240本）。

这组庞大的数字让我震撼。我所以为的庸常，在经历足够长的时间积累后，变得不凡，变得伟大。

这也是生活的真相之一吧，大多数看上去很了不起、很酷的生活，无外乎也是由一个接一个寡淡如水的日子、一个又一个单调乏味的重复堆叠而成。就如沙砾，在时间的长河里，慢慢地、慢慢地，被打磨成一颗圆润剔透的旷世奇珍。

和文学自来无缘的爸爸一定不知道，有个名叫罗曼·罗兰的人，有一句广为传颂的名言：

"真正的英雄是那些看清了生活的真相却依然热爱生活的人。"

十月，安生

1

怀孕那年，我的情况有点糟糕。

妊娠反应剧烈。本以为挺过前三个月就会得到解脱，可实际情况是，自始至终丝毫不见好转。就像有只看不见的手，轻轻悄悄地拿走了我的食欲，堵住了我的嘴，在胃里翻江倒海。

自怀孕第三个月开始，我的血红蛋白不明原因地急速下降到 $30 \sim 45g/L$ 的水平，而一般孕妇的血红蛋白正常水平是 $100 \sim 160g/L$，大量补充铁剂和维 C 也无济于事。

去医院各种化验检查，妇产科的大夫举着化验单踌躇地说："少见。"

我抱着一线希望追问："您肯定遇到过这种情况吧？"

大夫眉头紧锁，坦白地说："妊娠贫血常见，但还真没碰见过这么低的。"

接着安慰我："从别的指标上也看不出来什么，观察观察再说。

好好休息吧，一定遵医嘱按时补充铁剂。"

走出医院大门，一阵北风裹挟着沙尘啸叫着扑过来。眼睛里进了沙子，眼泪哗哗地淌出来，不断地擦，不断地奔涌出来。

2

背着王先生，我偷偷上网检索，看到对贫血程度的定量描述如下：重度贫血：血红蛋白 31 ~ 60g/L，休息时已感心慌气短；极度贫血：血红蛋白 <30g/L，常合并贫血性心脏病。

还有很多关于贫血发病机理的介绍，是我根本看也不敢看的，比如再生障碍性贫血、纯红细胞再生障碍贫血、溶血性贫血……我急急地合上电脑，把这些可怕的名字隔绝在网络的另一端。

我给远在四川的父亲打电话，装作不经意的样子问："爸爸，我很好奇，你从医那么久，遇到过极度贫血的病人吗？"

"有啊。"

"最严重的到什么程度呢？"

爸爸回忆说："一个农村老汉，因为严重营养不良，血红蛋白只有二十多，已经不能独立行走，得靠家人背扶。"

我再不敢每天靠着凉皮度日，强迫自己塞下牛肉猪肝鸡蛋红枣一应含铁丰富的食物，相对于健康而言，吃不下算得了什么。我定好闹钟，天天提醒自己吃"铁"。然而这一切努力，并没有换来一丝一毫的情况好转。

我给自己放了大假，休息在家，但脑子不受控制地胡思乱想，被巨大的恐惧摄住了心神。为什么在别人那里是十月怀胎的幸福甜蜜，而到了我这里就变成了一场突如其来的未知劫难？

3

王先生白天上班，下班后笨拙地照顾我，虽倾尽全力，但始终不得其法。我们担忧糟糕的现在，更恐惧未知的将来。

自从大学毕业后留京，我已经习惯了一个人在这座城市里闯荡。迷惘也好，困难也罢，我都习惯了自己去消化，从不屑于隔着长长的电话线冲父母撒娇求助。

电话像一道滤网，滤去了我的负面情绪和种种的不顺心不如意，剩下的，是一个一个让父母备感安慰的好消息。

然而这一次，在我和王先生孤立无援的时刻，我终于还是选择了回家生孩子，重回那个养育了我的温暖怀抱，寻求一点踏实和安慰。那里有我的爸爸妈妈，有我的哥哥嫂嫂，有我的舅舅舅妈，有我从小一起长大的发小朋友。

4

春节回到家里，我没再随王先生返京。

父母接过了担心，卸去了压在我心上的一块沉沉的大石头。

从前，我一直惧怕，也讨厌去医院；现在，我变成了爸妈曾经工作几十年的那家医院的常客。

每周一次，雷打不动地扎手指验血。化验室的大夫一开始还热情地招呼我，后来变成了默契的一声"来了"。偶尔指标飘过50g/L就是让人惊喜的好消息，可惜结果证明，那只是个玩笑式的意外。

给我做产检的大夫是看着我长大的妈妈的好朋友，每次都会拍拍我的肩膀说："娃娃好小，加油，多吃一点。"

尽管如此，她（他）还是在一天天地长大，在我的肚子里撒了欢地连踢带踹。偶尔，大概是前滚翻的时候姿势不太对，身子翻了过去，一只小脚丫被卡在了原地，就见肚子上突然鼓出一块，好一会才平静下去，还真是个调皮的孩子。

妈妈亲自给我做的B超，我追着问是男是女。妈妈谨慎地说："脐带垂在正中间，看不太清楚，我估计是女孩的可能性比较大。"我不依不饶地耍无赖："不行，你必须向我保证是女孩。"

我一直以为我还算坚强，没想到在临到自己要做母亲的时刻，还是要转身回到父母身边汲取力量。

5

其实，我知道，阴云并没有散去，只是从我的头顶暂时挪到了父母的头顶。

爸妈不时背着我窃窃私语，两个医生的窃窃私语，内容能有什么呢？随着我预产期的临近，他们越发紧张，甚至在暗地里做好了采血输血的准备。

妈妈的嘴里提起过一次"再障",就是再生障碍性贫血的简称，妈妈说需要排除这种可能性，我无所谓地耸耸肩。

在医疗手段尚不能及的当时，妈妈选择了各种民间偏方，张罗我吃下各种好吃的难吃的奇奇怪怪的东西。比如硕大的鹅蛋，用一两种药材煎水煮熟后让我吃下，隔着四五米的距离，就能闻见一股被药材催化过的令人作呕的蛋腥味，现在想来仍然后怕。

6

肚子里的宝宝着急出来，比预产期早了大概一周的时间。

浅痛了一夜，挨到天明，我到父母房间报信，很快去了医院。

一上午的时间都在挣扎一个问题：要不要自己生？担心和恐惧铺天盖地地漫上心头，老实说，那短短几个小时，我想的是，如果我不能看见明天的光明，希望孩子能代替我好好地活下去。

临近中午，大夫给我挂上催产针后回家吃饭。半小时后，我在汹涌而至的阵痛面前哭着认怂，不断地催促守在身边的爸妈："你们快去把手术医生、麻醉师都叫回来，我要剖腹产！"

爸爸试图劝我自己生来试试，被我干脆拒绝。鉴于我当时的身体状况，爸爸也不敢坚持，只得叹了一口气，转身出了病房去做安排。

此后的经历，像做梦一般。

医生护士们在 20 分钟内就位，基本都是我熟悉的叔叔阿姨，听声音就知道他们是谁。

被脱光光盖着白色被单推进手术室的那一刻,冷气扑面而来。我在六月的暑天忍不住打了几个寒战, 鸡皮疙瘩爬满全身。我忍不住喊:"好冷",一直跟在一旁的妈妈忙不迭地让人又拿来一床被单盖在了我身上。

因为紧张,我嗓子眼发紧,小声跟妈妈说:"我渴了,怎么办?"半分钟后,一根吸管塞进了我的嘴里,妈妈让我喝上了牛奶。

麻醉剂的药效渐渐扩散开来, 我的眼皮沉重地耷拉下来, 但怎么也睡不着,清醒地感受到冰冷的手术刀划过我的身体。

我抱怨:"我怎么这么困啊?"

麻醉师是位叔叔,鼓励我说:"困了就睡啊。"

我继续苦恼:"虽然很困,但是睡不着啊。"

叔叔无奈了,和站在身旁的我妈商量:"要不要静脉补点麻醉剂?"

手术过程略过不表,反正我全程清醒。

在最后一刻,主刀大夫用力挤压向我的胸部,我痛得大喊一声:"轻点儿,肋骨快断了。"

一旁的妈妈紧紧地攥住了我的手。

一声响亮的啼哭,那个小小的婴儿,她来了。

对了,她叫童童,这个名字早早地就起好了,我和王先生希望,到她老了的时候,还有人能叫着"童童、童童",如对小孩子一般宠她爱她。

一个月后,解除月子禁闭的第一天,我去了医院,再一次扎手指验血,血红蛋白 120g/L,曾经的重度贫血轻悄悄走远,仿佛不曾来过。

感谢天。

所有的十月怀胎，无论幸福甜蜜，还是波折坎坷，都值得被纪念。

所有的母亲，无论是在一朝分娩的那一刻，还是远方的儿女投身怀抱的那一刻，都化身为天使，收起自己的柔弱和怯懦，坚强着，辛苦着，伟大着。像鸡妈妈一样，翼护着自己的孩子，然后注视着他们，不断走远。

她在渐渐长大，你在慢慢变小

1

她小时，你早早地为她准备好了房间、小床、玩偶和夜灯，可她一夜夜地赖在你身边酣然入眠。

小小的人儿，说起理由来却也是振振有词："妈妈，一个人睡觉好冷，我会蹬被被。"

"那夏天呢？"

"夏天一个人睡觉好热。"

为她的依赖，你好不着急。

不知哪一个瞬间，她突然长成少年，早已泰然自若于独处一室。

你怀念那些与小人儿相依偎的日子，向她发出邀约："让妈妈搂着睡一晚，好不好？"

她一叉腰，正色道，"老妈，你多大的人了，还这么不独立。"

偶尔答应你的时刻，更像是对一个孩子的纵容和迁就，她摊摊手说："老妈，真是拿你没办法。"

那个黏人的孩子，说不见就不见了，你好不惆怅。

成长就是一幕反转剧，从前那个黏人的孩子，现在被你黏着。

2

小时，她毫无保留地相信你的每一句话，真理和真相都在爸爸妈妈说出的字字句句里。

小小的心里装的只有 100% 的信任，没有给怀疑留一点点空间，走到哪儿都是一句："这是我爸爸（妈妈）说的。"不容置疑。

即使全世界都辜负了你又怎样，你依然拥有一个小小天使，一个年龄最小又最忠实的 Fans。

"妈妈，关于这件事情，你可不可以听听我的建议？"

"爸爸，我觉得你刚才的脾气太急……"

"妈妈，你挑的这件衣服我实在不喜欢，我喜欢的是那边那件。"

向你索要表达权的那天，还有向她爸爸行使批评权的那天，还有否定你审美观的那天，她的表情认真极了。

认真得让你突然发现，身边不知何时多出来一个小小公民，那小脑袋里的思想，不知何时长大、独立，再也不容你小视和轻易左右。

成长就是一幕反转剧，从前无条件认为你对的那个孩子，现在正在用一双审慎度量的眼睛看着你；并且，正在满世界寻找一切可以发声的机会。

3

小时，锅台灶边，每每端上桌的饭菜，她总是大口大口吃得香甜。

满嘴塞得都是饭菜时，也不忘抬头讨好地给你一笑："妈妈，真好吃！"

每到周末，一大一小两个眼巴巴等饭吃的身影，让并不擅厨艺的你心里生出许多骄傲。

手机就摆在手边，方便随时查看菜谱。

轻易就能赢得满堂彩，一时间让你误以为自己手艺真的好上天。

厨娘的乐子还没享受够，你就有了要被赶下台的危机感。

工作日的早晨，时间紧张如打仗，那个身高已经追上你的姑娘，煮白水蛋热奶已经很是熟练。

周末的早晨，她夺过你手里的平底锅，嚷嚷说："油放太多了！"毫不留情地接管了厨房。

煎蛋，还煎从超市买的半成品千层饼，最后得意地端上桌："我给你们做的早餐。"

这下换你大口吃得香甜，然后讨好地给她点赞："真好吃！"

晚餐，你用烤箱烤了锡纸鸡腿，卖相实在难看，没人捧场，你沮丧地想，是该下岗了。

第二天一早，你难得晚起一刻，没来得及送小姑娘出门上学。

起床时，看见电脑上留的一张小纸条，"To 老妈，鸡腿已搞定，勿念它们！"顿时老怀大慰。

成长就是一幕反转剧，被人照顾的那个孩子，如今开始照顾你的胃，你的情绪。

4

小时，她妈妈长、妈妈短地围着你团团转。

送幼儿园，每天一早的固定桥段都是她撇着小嘴泪眼婆娑地搂着你的脖颈不愿撒手。

生病时，无论睡着醒来，她根本不容你从臂弯里把她放下来。

晚上睡觉前，故事讲了一遍又一遍，即使睡眼惺忪，她也不忘再三要求："妈妈，不许走开。"

你感叹，带孩子好累，完全没了自由空间。

说不清从哪天开始，她有了自己的朋友圈。

她开心地对你说："妈妈，我要去参加同学的生日会。"

又或者："我约了几个好朋友去看电影。"

遇到你有聚会或是应酬，她慷慨地说："好好玩，别惦记我们。"

就这样，她慢慢从你的空间里退出来，一点一点，撑起自己的一片天。

成长就是一幕反转剧，从前占据了你所有的那个孩子，慢慢把空间还给了你，连同你的自由。

写给女儿的十三岁

1

下午放学回到家,你把自己扔在沙发上伸了一个大大的懒腰,带着一脸抑制不住的兴奋对我说:"今天上了一节最可怕的课。"原来是领略男女生理构造的特殊一课。

在我们那个年代,这堂课一律是以自习的方式在一种吊诡的氛围中度过,近三十年过去,中国的教育终于进化到由老师在课堂上教授启蒙,想想这些,我还真替孩子们有点小激动呢。

我忍住笑问:"老师讲明白了吗?你们听懂了吗?"

你带着知晓惊天秘密后的自得回答说:"老师说了,如果我们以后不学医,大概这次课就是讲这方面知识的唯一一堂课了,所以我们听得都很认真,都听懂啦,全明白啦。"

你的很多习惯喜好和小时候没什么两样。就如此刻,身高已经超越我的十三岁的你,即使身为初二少年亦一如儿时,仍然喜欢把沙发当蹦床,欢快地从这头蹦到那头。只是我知道,我们再也不能用一个"小蝌蚪找妈妈"的童话故事来解释你在这个世界的降临。

2

去年的圣诞前夜，你从你的袜子里翻出一只稍大一点的，用透明胶条粘在防盗门上，还郑重其事地用你漂亮的钢笔字给圣诞老人写了一张字条放进袜子里，大意是别再辛苦爬烟囱了，圣诞礼物放进袜子里就好，谢谢不远千里来送礼物。

我和你爸爸面面相觑，因为那两天，你的外婆——我的妈妈刚刚做完一场手术，我们奔波在家和医院间，早把圣诞节抛在脑后了。而在往年的这个时候，我们会点亮一棵流光溢彩的圣诞树，会在你的枕边放一只大大的、漂亮的圣诞袜，你第二天醒来的时候，一定会从袜子里掏出好几件圣诞礼物，每一件都会是你的心头大爱。

我们以为你只是开了一个孩子气的玩笑，却未料第二天，你睁开眼睛的第一件事就是打开门去翻看袜子。面对空无一物的袜子，你有点不知所措，失望的神情显而易见，你自言自语地说：圣诞老人今年怎么没有来呢？我们在一旁心里酸酸的，勉强解释说：大概今年还没下雪，圣诞老人路上不好走吧。

当天下午，我提前两个小时从医院出来，特意去了趟商场。于是，你在圣诞节这天晚上收到了迟来的圣诞礼物，有一只萌萌的小羊玩偶、一个长得又高又别致的水杯、一袋五颜六色的手工糖果、一个可以抛到空中翻滚变形的小玩具、还有圣诞老人写给你的一封信。

信是用蓝色荧光笔写成的，字迹潦草似乎匆忙写就，信里圣诞老人向你解释了迟来的原因，和你分享了他特别偏爱你的秘密。

你盯着信看了很久，突然一把抓起，一阵风似地向我跑来："妈妈，你暴露了，我认出来了，这是你的粑粑字！圣诞老人今年没有来，这些是你送的礼物！"

我抵死不认，你继续自己的分析："这两件小的倒像是圣诞老人送的，可是另外两件这么大，不会是圣诞老人送的，肯定是你……"

那封信被你收了起来，每隔一段时间就会拿出来拷问我一遍，然后再将信将疑地收藏起来。

感谢时光没有带走你心底纯净如童话般的期待。在你明媚的十三岁年纪，终于还是盼来了圣诞老人为你带来爱与温暖。

3

从儿童到少年，你一步步迈向独立。我眼见着我的小姑娘，个头见风蹿到了我的肩膀、我的眼眉，再迅速超越我的头顶。

你初一开始要求骑车上下学，你对此期待又坦然，而我们却战战兢兢，于是选择了骑车陪在你身边，有限地关照着你的安全，更多的是求一个心安。

初二开学前一周，你认真地和我们商量，其实是下达一份通知，说不需要我们耗费时间精力接送，于是去学校和回家的路上，和你并肩的，变成了你的同窗好友，这让你呼吸到了更多自由的空气，收获了更多行路间的快乐。

渐渐地，从一点到全部，你开始主动接过我手里的重物，跑腿之类的活儿更是被你称作小case，你的肩膀虽然稚嫩但已懂得分担。

校运会比赛，你跑了个1500米拿了块银牌，立马成了运动场上众星捧月般的拉风少年，和闪亮的奖牌相比，其实我们更乐意见到的是一个健康快乐又自信骄傲的小姑娘。

月考结束后，我们问你考得怎样，你故作低调地说"一般吧"，两天之后，一个不错的成绩摆在我们面前，你像小时候一样摊开手问我要奖励，再大笑着翻转剧情"亲我一下下就好啦"。

有兴致的时候，你会跟我们讲很多学校里的趣事，还有一些秘闻，比如考试结束收卷的一瞬间你怎么够哥们告诉同学答案，哪些女孩喜欢TFBOYS，哪些又喜欢EXO，还有谁喜欢谁，谁和谁谈恋爱……我八卦地问："你们班谈恋爱的多吗？""你有喜欢的男孩吗？""有谁喜欢你吗？"……你不耐烦地打断我："老妈，好奇害死猫！"

你性格阳光开朗，在班里人缘很好。你打来电话说："妈妈，不用给我准备晚饭，我在学校和同学一起吃。"或者兴高采烈地宣布："我约了同学到咱家玩。"

你终于有了自己的世界，不再是那个离不开妈妈方圆十米的小姑娘。我和你爸爸还没有商量好该怎么应对你可能的早恋，就听说你身边的同学已经接二连三闯进了那块青春的泥潭。

<h2 style="text-align:center">4</h2>

有一段时间，我们不时起点小冲突，一开始总得在你爸爸的调停下才能刀枪入库、言归于好，后来你学会了别别扭扭地向我道歉，但并不十分情愿，再往后你会在意识到不妥之后的第一时间坦白地和我交流。认错需要勇气，这一点你超越我太多，我该向你学习。

你有时会嘟囔说"妈妈到了更年期了吧"，但我知道，其实，无论年长年少，我们都身处年龄更迭的漩涡里，只不过，你所需要面对和把握的，是自少年步入青春年华时一个逐渐崛起的自我；而我所需要警惕的，是人到中年时的观念陈腐和心下彷徨。

你像一面镜子，忠实地投射出多年前那个青春年少的我。

你经常拉我到镜子前面比画，一遍又一遍宣告着超过我身高的事实，和我小时拉你外婆比身高时并无二致，我不知道你外婆当时是不是如我今天一样心里不是滋味。

不知从什么时候起，你习惯性地对我们的想法和建议说"不"，自喉咙发出的否定声音总快于你的思考和判断，让我们彼此站在台阶上左右为难、上下不能。听着你say no，我忍不住回头远远看向那个遥远、青春的自己，曾经也那么不可理喻、那么作吗？

我们不赞同的就是你所坚持的，你开始像一个勇敢的斗士和一个独立思考的智者，抑或两者都不是，而只是一个本能反叛家长意志的意气孩子。

你拒绝剪刘海穿裙子，你按照自己萌芽中的审美观来选择衣服，因为感觉无聊你推拒做班干部，但又在班级活动时卖力地贡献嗓音因而嘶哑了一周，你触碰高压线义气地借作业给同学抄，你和你爸爸一起在池塘边小河边甚至海边支竿钓鱼的时候总因为是个女孩而显得那么特别，你在饭桌上霸道地没收我的手机要求我好好吃饭，你看相声小品时不可抑制地畅快大笑，你用超轻彩泥和犹在的童心捏出一个又一个漂亮的小公仔，你缠磨着我们每周一次去光顾抓娃娃机的生意……

是的，你不再是我在梦里勾勒的那个温婉的小女孩，你不再任由我把你摆弄成一个乖乖的洋娃娃模样，但没关系，我在十三岁的年纪也是一路疯长成一个假小子的任性姑娘，也是一个天使和魔鬼合二为一的矛盾体。

你像小时的我一样做着五光十色的白日梦，兴致勃勃地给自己开列各种计划，但多数都不出意外地胎死腹中或是有始无终。没关系，妈妈在那个年龄也都那样。

为人父母我们永远经验欠缺，一路胆战心惊、跌跌撞撞地走过来，和你一起磕磕绊绊地长大。你一岁前，每次抱去医院打疫苗，我从来不敢跟去，因为怕了你撕心裂肺的哭声和眼圈红红、小嘴瘪瘪的模样。大了，面对你自我意识的强烈崛起，我们一度束手无措，只能相互提醒减少说教，小心翼翼地避免触痛你敏感的青春。

我们总情不自禁地试图用攒了几十年的那点浅薄的人生经验去指导你的成长，期望能帮你避过那些暗礁沟坎，殊不知即使摔得头破血流，那些成长的必经之路也不可由我们代你去走。于是，我们只能站在你的身后，注视着你单薄的少年背影渐渐走远，走出我们的视线。

5

一直都记得，除了爸爸妈妈两个单词，尚不足 1 岁的你第一声咿呀学语的场景。那天，我们围坐在饭桌前晚餐，你独自在学步车里蹒跚，电视里一片人声鼎沸欢声笑语，一个童音插进来，令这喧嚣世界顿时变得安静，你学着广告里的老太太在挂了儿女的电话后说 "唉，忙，都忙"，让我们一桌人直接笑翻。

我记忆里留存的，还有幼儿园入园第一天，你哭得抽抽噎噎地要老师帮你找妈妈，老师推托说，我有这么多小朋友要照顾，没有空啊……于是你认认真真地对老师说："我来照顾小朋友，老师你帮我找妈妈。"

再大一点，你因为积食而在很长一段时间里厌食，于是我每天数十次地和你的小胃 "聊聊天"，我一本正经地用脸颊贴近你的小肚肚，"小胃，你吃饱饱了吗？" "小胃，你还想让姐姐再喂你吃点肉吗？" "小胃别哭，姐姐马上吃饭饭" ……靠着你对小胃的那点怜悯之心，勉强算是解决了你那段时间的吃饭问题。

六岁开始，我和你约定轮流给对方当妈妈。轮到你给我当妈妈的晚上，我终于也可以学着你耍赖——给我唱歌、讲故事、拿娃娃、数星星、哄睡……我狡黠地看着你一本正经地扮演着妈妈的全套角色，然后放松自己在无边的幸福里沉沉睡去。

忘了从哪年开始，你在每一个父亲节母亲节还有我们的生日给我们写卡片，毫无保留地把你对我们的爱与祝福在阳光下晾晒出来。这一点和我小时候的羞于表达是如此不同，我羡慕你的坦荡和勇敢。每一张卡片上的文字，无论朴实还是华美，都让我们动容。

你不厌其烦地让我做只有两个选项的选择题，A 选项是很爱爸爸，B 选项是不爱爸爸，我矜持地回答"一般爱吧"，你不依不饶，直到我如你所愿地选择 A 为止。

你像我们幸福的守护神，一遍遍地提醒"妈妈，你对爸爸态度好点""爸爸，你怎么说话的"……一遍遍地复述"我好爱好爱你们""今天太开心了"……你是一颗最大最好的开心果，让我们紧张烦躁的中年神经得以松弛下来。

岁岁年年，那个绕于我们膝间的小人儿已经走远，你终将步入你的青春世界，而我们亦将接受人过中年的事实。

不变的是——我们之间，爱会永恒，守望会继续，一辈子。

写给女儿的十四岁

1

我亲爱的小孩：

你十四岁生日的前两天，你那很少抒情的爸爸突然对我说，白天偶然看到了一句话，让他很是感叹。我问是什么，他片刻之后才回答说：

"每个人的生命里都住着一个天使。"

你爸爸说，那一瞬间很奇怪，好像心脏某处莫名被戳中的感觉。这种感觉发生在骨子里缺少文艺细胞的理工男身上，的确是前所未有的一件事。

为娘我喜不自胜地追问："谁是你的天使？"

你爸很认真地作答："如果只有一个，那就是童童了。"

呵呵，我自作多情了。

但仔细想想，换做是我，答案也只会是同一个——如果我的生命里也住着一个天使，那必然就是你啊。

2

你在南方一个燥热的夏日午后出生。在此之前的九个月，我看多了育儿百科上唬人的种种，一直在胡思乱想担心你的健康。还好，你来了，健健康康地来到人世间，我因此感恩。出生两小时后，你趴在我的胸口安静地睡着了。伴着窗外大树上的蝉鸣，远处农田里的蛙叫，一种感觉蓦然升上心头：因为有你，此后，我的人生将变得大不同——爱和责任，将给生命增添更多意义。

六个月大了，你咧嘴笑着，嘴角口水滴答，刚刚从嫩红的牙床里萌出的两颗小牙，亮晶晶的白，晃得我和你爸爸的眼睛都快眯上了。从出生起，你稚嫩的笑容，就是一汪滋生快乐的汩汩清泉，永不枯竭。

一岁生日不久的某一天，像往常一样，你爸爸抱了你在路口接我下班。那天，天边的云彩被落日镀上了金边，煞是好看。看到我远远地走过来，你口齿不清地叫着"妈妈、妈妈"，张开手臂就要扑进我的怀里。你爸爸一脸神秘地大声嚷嚷：今天送你一件最大的礼物。我停住脚，好奇地摊开双手索要。你爸爸把你放到地上站定，就见你两只小腿蹒跚着，一步步向我走来，踉踉跄跄地一头扎进了我的怀里。的确，那是非典那年，我收到的最好礼物。

两岁三个月，我们送你去了幼儿园。小鸟出巢，都说那是每个人成长经历的第一道坎，你也不例外，三天两头生病，病了之后黏人，本能地只认唯一一个怀抱。于是，那些白天黑夜，我像袋鼠一样抱着你,你的小手紧紧攀附着我,在沙发上度过每分每秒。我们一次又一次地把你送进外面的世界,你一次又一次地扑腾回巢……那些你学着飞翔的煎熬时光,我和你爸爸数着日子在过,盼着小小的你快一点羽翼丰满。

3

六岁,你换了一个新环境。穿上小学生校服的那一天,我们为你拍下了几张呆萌的照片。

没过两天,你再度表现出对环境的极度不适应,你总是带着哭腔参与一切话题,"你们刚才说什么?我听不见"。真的听不见吗?我们大声地重复一遍,这下你更委屈了,"和刚才说的不一样,少了两个字"。

面对成长中的磕磕绊绊,我们和你一样,手足无措——求助于老师,求助于医生,求助于年迈的父母……

"听不见先生"的来和去都很突然,一个半月后,你的"听不见"自动消失了,从不适应到适应,拨去头顶那块阴云,你用了整整四十五天,我们整整担心了四十五天。

你小学的六年,是我工作最忙的六年。每天晚上,我回到家时,多数时候,你已经睡着了,我亲亲你光洁的额头,悄悄在你身旁躺下,你的手臂无意识地搭过来,我一动也不敢动。

清早六点,我醒来,你也醒来,照例一通忙碌后,我和爸爸一起送你上学,你又开心又自豪。

在彼此的世界里，我们都是为对方带去快乐、幸福和爱的天使。

4

十二岁，你是一名中学生了。

你第一次对告别有了感觉，也第一次对孤独有了感觉，你几次和我们商量，能不能转学去另一个小学同学扎堆的学校，即使放弃现在这个又大又漂亮又有历史积淀的校园，也在所不惜。好在你终于还是忍过了最初那段寂寞时光，渐渐习惯，渐渐投入，渐渐喜欢。

上中学后的第一个教师节，你在下午放学后，独自一人去了小学，看望你曾经的老师，补上一次正式的告别。

你经常在镜子前面比画个头，嘲笑即将被超越的我。

在一个学期后，你断然拒绝了我们的接送，把山地车的车座调得高高的，调到坐在上面脚尖够不着地的高度，独自上路。我们担心的是安全，而你追求的是像同学那样，做一个路上的拉风少年。

你的成绩起起落落。自律是你的天敌，在和它的斗争中，你有时胜利，有时落败。你表面上越来越不以为然，我们很担心你会真的失掉一颗进取心，变得真的不以为然。好在你没有，你只是放不下少年自尊，不甘心失败，又不愿伸手求助。

除了学校的美术课，你没有额外学什么，但一团团彩泥，还是在你的手底下变成了一个个好玩有趣的造型：蜘蛛侠、小黄人、机器猫、超级玛丽、蜡笔小新、懒蛋蛋……你经常用这项无师自通的本领变出一个个小礼物，送给你愿意亲近的人。

我们尽可能地在周末安排去郊外野游。受爸爸的影响，你渐渐变成一个酷爱钓鱼的小女孩，有水、有鱼、能下竿的地方就能让你快乐。在一些钓友扎堆的垂钓"圣地"，有时候，沿着水边绵延一两公里支着几百把钓竿，在蔚为壮观的钓鱼发烧友队列里，你小小的身影仍然是最特别的一个。

你的审美开始和我走得越来越远，我再也不能自作主张地按照自己的心意来打扮我的小女孩，你不时用你独特的选择和搭配来刺痛我的眼睛，让我回想起，多年前，那个如你现在这般任性的我。

5

十三岁，你在我眼里一下子变成了大孩子了。

从你身高真正超越我的那一刻开始，你就接过了每一次出行和归来时肩上的负重。买菜如是，逛超市如是，出游时肩扛背荷行李如是。

我和你爸开始越来越多地健忘，折腾你楼上楼下跑好几趟取拿东西，你无奈，但是没有怨言。一次，我们母女俩外出旅游，你细心地写了小纸条贴在防盗门上，用来提醒爸爸每天出门带好各种必备物品。

对我做的饭菜，付出的辛苦，你开始懂得尊重，无论好吃与否，一律慷慨地点赞。

身为一个路盲，在我又着急又窘迫地和赶来送演唱会门票的出租车司机约定会合地点时，你一边安慰我迟到也不要紧，一边小心地捕捉我电话里的每一个方位信息，最终，帮助我磕磕绊绊地找到了堵在车流里的对方。

你在这一年经历了太多的告别：和一位很亲近的大姐姐的生死离别；和陪伴八年、如今去往另一个城市生活的钢琴老师告别；结束两年的学习，在会考之后，和你的生物、历史、地理老师告别；和因怀孕休假，并将不再担任初三班主任的英语老师告别；和必须在初三回到原籍学习生活的外地户籍同学告别……你的心里充满感恩和不舍，你用卡片、手工、微信等各种方式，和他们一一惜别。

十三岁的你第一次提到"回忆"这个词，让我吓了一跳，你已经开始往这个有年龄感的容器里，存储故人、旧事。告别是需要终生修习的一堂课，你足够真诚，看起来做得还不错。

你有几个很好的朋友，你有选择地和我们分享你们之间的趣事，那是我们之外的另一个世界，你将越来越多地，从那个世界里收获烦恼和快乐。

临近期末考试，因为浮躁，因为不够专心，你的手机被班主任老师没收。我担心你的心态会变坏，然而你的反应让我大跌眼镜。沮丧没超过一个小时，你开朗地告诉我："这是好事，不看手机会帮我节省出大量时间。"

期末考试，你的成绩有了进步，还评上了三好学生，你由衷地说："我特别感谢孙老师，以后，即使拿回手机，我也要少看一些了。"为你的积极、阳光、向上，我和你爸爸格外高兴。

我和你聊责任，你说你的责任就是好好学习，照顾爸妈。有点局限，但很朴实。你强调说，所谓责任，就是义务，必须要做到。

你的书桌上，别人送的、随手买来的小东西总是不知不觉就堆积如山，太多的心爱之物，反而不知道真正所爱，我告诉你要懂得取舍。

你在淘宝上选好鞋子让我买来。我眼里的它又大又丑，活像两只蠢蠢的胖香蕉船。我委婉地指出来，但你依然我行我素，每天开开心心地穿着它去上学。

在你身上，我终于明白了我的当年：父母反对得有多用力，我就坚持得有多努力。但成长，终究会消解这些看上去的怪异和锋芒。

6

上个月，你十四岁了。我一直在想，我应该对你的十四岁说点什么吧。

我带你去了通宵书店，夜读一夜。虽然腰酸背痛，但这样的体验和经历，想必会让你终生难忘。每个人生中的第一次，无论成败得失，都会给你的生命灌注进一份珍贵的价值。

是的，我想要你多去体验和尝试——更丰富、更有趣、更有意义的人生；我想让你明白——与其想象未知的世界，不如走进真实的现实，打开你的所有感官，去感知这个世界的酸甜苦辣，去尝试青春的无限可能，这是我给你的第一个建议。

开学就是初三，升学的压力已经骤现。我希望你为自己而努力，去更大的世界，和更出色的人并肩，领略更好的风景，这需要你尽自己最大的努力。

每个人都随身带有一把标尺，衡量自己和他人努力的程度。这把标尺有时候会很偏颇，别人的努力在它眼里会不值一提，自己走的每一步都被放大成艰辛。那么，你需要诚恳地问上自己一句：我付出的努力，真的配得上我想要的人生吗？我的潜能、我的抗压能力、我的学习能力只能如此了吗？别看轻自己，更别看轻他人，这是我给你的第二个建议。

世界每天都在进步，我们刚刚聊完 80 后不久，90 后又意气风发地登上舞台，再过几年，00 后又将成为新世界的主人翁。恭喜你身处这个日新月异的年代，但希望你在科技、时尚、潮流之外，永远保有一些值得保有的东西，比如善良，比如坚韧，比如进取心，比如责任感，比如同理心。这是我给你的第三个建议，慢慢来。

还有很多话想跟你说。

留给你的十五岁、十六岁、十七岁、十八岁吧。

最后，我要告诉你——

你，一直，是我们最爱的天使。

祝你的青春，快乐。

回不去的故乡，到不了的远方

我童年记忆的起点，始自四五岁时。

那段时光，我是在外公外婆家所在的一个川南小镇上度过的。

从来没有人和我讨论过关于故乡的话题。

爷爷奶奶在我出生前就已相继离世。于是，曾经养育了爸爸的那个地方，于我，却没有太多的感情。心里一直认定，那个有外公外婆，山清水秀的地方才是我的故乡。

1

那个叫作故乡的地方，住着我无忧无虑的童年。

每天清晨，天光微明的时分，叫醒我的是鼻息间萦绕的烟火味。新的一天开始了。

自己乖乖地穿好衣服，洗漱停当，接过外婆递过来的 5 分钱，还有一个白底儿浅蓝色碎花的洋瓷碗，我在高高的木门槛上坐下，嘴里咿咿呀呀地哼着不成调的儿歌，等待卖泡粑的挑夫的吆喝声自石板路的另一头响起，还有薄雾晨曦掩也掩不住的香气扑鼻而来。

在外面疯玩到日头落在头顶正上方前回家，外婆一声令下，我飞快地跑去茶馆，寻到一个满脸褶皱蓄着长长白胡须的老人，把嘴巴凑近他的耳朵，大声喊："老家公，该回家吃饭了！"然后牵着老家公的手，有时是牵着他的拐杖，一路蹦蹦跳跳地回家。

老家公是外婆的爸爸。在我眼里，他实在太老了，背驼耳背，腿脚也不太灵便。但不耽误他天天雷打不动地蹒跚着走去茶馆听人说书，叫一碗盖碗茶，靠一方藤椅，悠闲一上午时光。很多时候，我都看见他似睡非睡地合着眼，也不知道耳背的他怎么能听得见一片嘈杂里的说书声。

对四五岁的孩子来说，八仙桌长得太高。吃饭时，我不得不爬上去，跪在长条凳上，才能够得着；手里的筷子也得握到筷子最大头的部位，才能勉强够到稍远处的菜。这样的艰难理所当然地换来了大人们对我的各种优待，只有外婆，有时看了我的样子会叹气："拿筷远，离娘远。"

每天吃饭前，我会例行公事地问："打不打酱油买不买醋？"逢外婆点头的时候，都像是中了大奖一般，接过空空的酱油或是醋瓶子，还有一点零钞，急不可耐地奔向街那头的副食铺子。

装酱油、醋的缸大得能塞进去三四个我不成问题。我使劲踮着脚，努力把眼睛探过柜台的高度，看售货员阿姨用竹提子在大缸里搅和两下，再深深地舀下去……本来沉静着的酱油、醋被搅起一圈又一圈的涟漪，荡漾开去。我的馋虫被勾起，小声恳求："嬢嬢，再多给一点点嘛。"

回程的路上，我不时拔开瓶塞，小口小口地喝着醋，陶醉在对味蕾的极致刺激上，全然不顾及牙齿的感受。回到家时，醋已经下去了小半瓶，外婆会笑着嗔怪："看这个小酒鬼，总算喝回来了。"

2

那个叫作故乡的地方，住着温暖的人情。

五岁时无所事事的我，被在镇中心小学当老师的，妈妈少女时代的闺密，收容进了她的班里当了一名旁听生。几十年来，直到现在，我一直称呼她"大嬢"。

仗着大嬢的宠爱，我可以肆无忌惮地自由出入教室，不分上下课时间；仗着爸爸在我很小时就教会我的那些知识，我比一群大我两岁的孩子成绩都要出色，小小年纪就尾巴翘上了天。

大嬢家的西红柿鸡蛋汤做得很奇怪，总是在热汤端上桌前，还要浇上一小勺熟油海椒（油辣子），这也是我此生吃到的唯一一种辣味的西红柿鸡蛋汤了。

我喜欢在外婆的好朋友，一位姓谢的姨婆家睡觉，尽管这样的机会八成来自于家里遇到了挠头的事情。

闷热的夏天，因为就在河岸旁，打开南北两边的门和窗户，总有一丝丝若有若无的凉风穿过蚊帐拂过我的身体，不用外婆给我打扇就能舒服地睡去。

夜半时分，在一阵低语声中醒来。外面的堂屋里亮着灯，大人们似乎彻夜未眠在商量事情。黑漆漆的窗外，有虫叫有蛙鸣，有河水有节奏地拍打在青石台阶上的声音，有风吹动竹叶发出悉悉索索的声音。我在迷迷糊糊中，在熟悉又陌生的环境里，再次甜蜜地睡去。

有亲戚从乡下来看望外公外婆，带来了一筐自家乌鸡下的蛋，个个还都是双黄蛋。煎鸡蛋、鸡蛋汤、蛋炒饭、瓢蛋……外公外婆舍不得吃，换着花样把这些神奇的双黄蛋变成我碗里的美味。外婆信誓旦旦地向我保证："吃了双黄蛋，考试就能得100分。"这让我的小脑袋里，生发出很多美好的想象。

还有同住在镇上的舅婆，是外婆的弟媳妇，她做得一手好缝纫活。非年非节的时候，她给我做了两件粉色的的确良衬衫，领子上缀着漂亮的荷叶边，袖子是当时最时髦的泡泡袖，前襟上用手绣了几朵小花……这便成了我最最心爱的衣裳。可惜，赖着将就穿了两年，终于还是败给了疯长的个头。

在这里，我也有了自己的小伙伴。大嬢家的两个孩子，一个叫田野，一个叫田浩，田野大我两岁，田浩和我年龄相仿，我们继承了母亲们的友谊，天天亲密地玩在一起。

田浩一脸的机灵样，最喜欢和我一起在田埂上疯跑。据说有一次，我失手把他推下田埂，害他骨折了。不过，对这场事故，我选择了遗忘，全凭大人们一次又一次地提醒，我才勉强认了账。

田野文弱又喜静，爱看书学习。做哥哥的他，每次只是文静地追在我们身后跑，好像更多的，是为了我们的安全考虑。

很多年过去，我们都已经不在原地。田野变成了知名数学家；田浩在不远的成都安家落户；而我，在2000公里外的北京漂泊无定。

3

那个叫做故乡的地方，住着我慈祥的外公外婆。

在我的记忆里，外婆总穿着一条褪了色的靛蓝色围裙，围裙正中间缝了一个大大的兜，兜里，像变戏法一样，装着掏也掏不尽的糖果。

每当我被父母训斥了，摔跟头了，一只满是老年斑的手就会递过来一粒糖果。我总是眼泪还没来得及擦干，就接过来剥了糖纸送进嘴里，抽抽噎噎地边哭边咂摸着滋味。

外公常年在外奔波操劳，就剩外婆围着灶台碗盏打转。我常常搬了小凳站在上面，看外婆给我做一种叫做"鸡婆头"的风味面食。

一小块和好的面团，被两手小心地扯成一块手绢的大小和薄厚，所以形象地被称为了"鸡婆头"，寓意婆娘头上戴的头巾。

两块"鸡婆头"就足够一碗，加上各种调味料之后，令人垂涎欲滴。我捧了碗放到八仙桌上，爬上凳子就要开吃。外婆在一旁配合地大呼小叫："馋猫，慢点哈，小心烫。"

夏天的晚上，屋子里酷热难挨。外婆端一大盆水，泼在门外的青石板路上，浇灭那些白天的余热，再搬了躺椅放在门外，然后把我安顿在躺椅上，自己拿把蒲扇坐在一旁，一下一下地给我打扇。

蚊虫被赶跑，睡意不知不觉袭来。待我沉沉睡去之后，外婆再把我背到竹子扎成的床上，总得再用蒲扇扇上半个多小时，自己方才放心去睡。

4

那个叫故乡的地方，还住着几十年前的淳朴生活。

家家户户白色的墙壁邻着墙壁，琉璃瓦的屋檐挨着屋檐。窄窄的街道是用青石板铺的路，一到雨天，就被雨水冲刷得干干净净，在昏暗的路灯下泛着幽暗的光。

风化了的斑驳木门在吱呀呀地叫；远处田野里的蛙鸣声响成一片；一早起，满街的鸡都在相互叫早；醒来的鸟儿也在叽叽喳喳地聊天；水田里，勤恳的水牛拖着犁头哞哞地叫着用力向前。

你永远不知道每天出现在路的另一头的会有怎样的新鲜。也许是走街串巷的卖货郎，也许是肩上蹲着一只猴子的杂耍人，也许是敲着清脆的马蹄铁而来的麻糖人，也许是扁担上鸡鸣鸭叫的来访亲戚。

还有离家不远处的一汪清亮河水，永远不缺欢声笑语。晨光乍现，就有大姑娘小媳妇老婆婆们端了一盆又一盆的衣服被褥去河边，找一块被河水冲刷得干干净净的平整石头，把衣服浸足水摊平在石头上，掏出木制的洗衣棒槌，一下下地，敲打去躲在衣服里的尘埃。镇上的家长里短，也已尽在棒槌挥动间。

5

外公外婆相继过世之后，小镇变成了我回不去的故乡。

我曾试着在十来年后再度造访那个地方，在我肚子里怀着小宝宝的时候。

河水全然没有了那种清亮，变成了一潭生活垃圾和化学排放物混合的污浊水体。

我记忆里的人们，全部都已搬离小镇。整条街上，找不到一个我曾经知道的名字。

镇上的中心小学门脸修得不错，全然不是我记忆里的样子。

街上多了一些餐馆，只是一路问过去，没有一家可以做一种叫做"鸡婆头"的面食，它做起来太复杂。

外公外婆曾经的家，大门敞开着，听说已经转过好几道手了。我和妈妈向现在的主人提出来进去看看，主人犹犹豫豫地同意了。

好在，除了一堵墙重新修缮过以外，一切似乎还是我记忆里影影绰绰的样子。

还是两扇斑驳的木门和木门槛，只是门槛比我记忆中的矮了许多；堂屋正中还是一张八仙桌，围在四周的，还是几张长条凳，只是多浸染了一些时光的颜色；灶台还在那个位置，隐在黑暗处，被烟熏火燎地越发黑了；有陡陡的木楼梯通往二层阁楼，这是我记忆里不曾有过的部分……赶紧退出来，趁着眼泪还没掉下来。

有家、有家人的地方才是故乡。而在这里，家不在，家人也已走远。这让我如何在一个物是人非的地方安之若素？

只剩那些念念不忘的记忆，从时光的尘埃里漫上来，铺天盖地。

从此渐行渐远。

回不去的故乡，到不了的远方。

箱子里的旧时光

1

我在四川的老家有一口大大的老式楠木箱子。

说它老其实我是不太情愿的。因为它的年龄比我还要小上几岁，又因为，三十多年的时光浸染，并没有让它光洁的肌肤变得斑驳老态，相反，昔日略显招摇的黑红漆色渐渐敛去浮华，变得温润如水，颇有点美好正当时的感觉。

顺着大漆呵护下的木头纹理和疤结看过去，总会让人产生一种错觉：好像看到的是一条条曲折蜿蜒的乡间小路，又好像是日夜流淌不息的小河，安静地通向未知的别处。

可是，不管我承认与否，它的确早就落伍了。

它样式古旧，外形方方正正，颇有些蠢笨之态。全身上下没有一丝一毫的花纹雕饰，唯一的点缀就是一把颇有些分量的铜锁。向上掀开厚重的箱盖，出现在眼前的是一个长约1.5米、宽约0.8米、深约0.5米的朴素洞天，再无任何的格挡遮拦，更没有如今家具必备的功能分区。这样简朴笨拙的"大肚"家具，早已在市面上绝迹。

它落寞地躺在和时尚全然不搭边的旧时光里。

在过去的几十年里，它不止一次地忍受过我的抱怨和嫌弃，也险些遭遇和多数老物件相同的被抛弃的命运。好在父母的坚持替它扛过了风风雨雨，让它得以幸存于世。

早些年，每每我自数千里之外回到家里，再次老生常谈地感叹起它的陈旧，父亲都会置若罔闻地把目光投向它，啧啧称赞：多好的大漆啊，几十年过去还像新的一样，现在到哪里去找这么好的漆工啊。

随着我年岁渐长、距离渐远，对它的感情渐渐变得复杂，少了几分厌弃，多了几丝留恋。

这些年来，它就像熬过了中年危机的男人，在有惊无险地穿过可能让人粉身碎骨的激流险滩之后，驶入一条平静舒缓的生命之河，越发显露出老物件的迷人味道。

2

这口老箱子是在我六七岁时来到我家的。

那一年，父亲买来两棵上好的楠木，恭恭敬敬地请来方圆百里名气和生意俱旺的两位木匠师傅，就在楼侧的一处空场前支起架势，忙碌了大约两个星期，一锯一斧一刨一锤地将它手工打造出来。每天放学回家，我都能看见它在漫天的木屑粉尘里一天天地长大。

打好的素颜箱子被父亲请来的几个壮汉抬走，送到山下漆匠师傅的家里。印象里，那是一段漫长的等待。

父亲说大漆有毒，又说有的人会对大漆过敏，所以即使我再好奇，父亲也不会带我去看，我只是偶尔从他和母亲的交流里捕获到一些进展信息，例如：昨天漆了第二遍，等全干之后才能打磨；再上最后一道漆就差不多了……因为看不到，我对它的期待，愈加深切。

一个雨天的下午，父亲带我去长江边散步。路过漆匠的家，从外面望进去，堂屋深处一片黑暗，一股浓重的漆味扑鼻而来。走出来和父亲打招呼的漆匠脸上戴着宽大的口罩，头发统统敛在了一顶早已看不见本色的军帽下，只有一双苍老疲惫的眼睛和一双青筋毕露的手暴露在空气里。我惶恐地用手紧紧捂住口鼻，逃也似的快步而去，父亲撑着一把大大的雨伞追在我身后，踩得脚下的青石板上泥水四溅。

等它正式落户我家时，大概已经是一个月以后了。它穿着一身绸缎般光滑漂亮的大漆外衣，刺鼻的味道已经散尽。母亲把厚重的被褥叠得整整齐齐塞进它的肚子里，还有我和哥哥的棉衣棉裤。

3

它一度是我喜欢的童年玩伴。

我时常费劲地掀开盖子爬进去，怡然自得地让身体陷进一个松软的棉花世界里。幽闭的空间并没能让我害怕，相反，我在黑暗里感受到的空间无比宽阔，任由我在里面腾挪转身也全无障碍；放进嘴里的大白兔奶糖，在黑暗里吃来，味蕾上的感觉格外美好。

在最初的日子里，每逢藏猫猫的游戏开始，我便撒腿奔向它，直到邻居小朋友们遍寻不见，在外面不耐烦地大叫我的名字认输告饶，我才得意扬扬地从箱子里爬出来。这个伎俩两用的次数多了，越来越轻易地被人识破，对它的那份喜爱也就渐渐变淡。

然而，它的新功能很快又被我发掘出来。

不爱吃药的小孩，在父母递过来那些白色药片转身离开后，毫不犹豫地把它们扔进箱子靠墙的缝隙里，在那些小病不断的日子里，我瞒着父母，靠着强大的自我修复能力不治而愈。搬家时，箱子被挪开，大大小小的药片散落一地，我的小秘密也就此大白于天下。

在偷着看小说的中学时代，当父母的脚步声离房门越来越近的时候，箱子就在仓促之间成了那些闲书的荫蔽。

它宽厚的身躯，替我挡住了父母探究的目光，藏下了那些不愿遵从父母安排、不愿对父母言说的青涩少年时光。

我们不断往前走，也不断回头看，一个叫"成长"的东西把我们带离过去，越走越远……好在，转头回去，还有一些老物件让人心安地躺在旧时光里，忠实地记录着曾经的年月，擦亮我们逐渐模糊的记忆。

一生一人，向爱而生

人生一路山高水长，起起落落，
无论低谷还是巅峰，你从未让我一人独自面对。
你，看过并且接受我好的或坏的一面。
在你面前，我只用本色出演，
轻松做一个最真实的自己就可以。

向爱则暖

我在十五岁时，就看过了最美的情话。那个高我一个年级的男生用好看的钢笔字在作业纸上一字一句地写下——"你是我十六岁、十七岁、十八岁……乃至永久的希望。"那些再平凡不过的字词，组合在一起有着无比动人的力量，那页纸我偷偷地看了好几遍，一次又一次地体会到心里甜如蜜的感觉。

而你，是不会给我写信的，尤其不会写那些让人怦然心动的字句。你最多只会笨笨地耳语："老婆，我爱你。"一点也不浪漫的理科男，为何是你？

我从教室窗户望向操场，一眼就能找到他，那个他喜欢我、恰巧我也喜欢他的男生。即使隔着几十米的距离，隔着拥挤的人群，我依然能准确无误地辨认出那张年轻帅气的脸。他扬起头，笑意盈盈地逮到我的视线。那张好看的脸，让人舍不得挪开视线。

而你，大学毕业那年第一次见面，我看见的是你黝黑的皮肤、普通的五官，唯一令人印象深刻的，是你高挺的鼻梁。同年入职的十个大学生，全票通过了你的名字——"老王"。你是我们中间第一个荣登"老"字辈的人。年少时，我满心喜欢赏心悦目的脸，而你分明和这个词相去甚远，为何是你？

我曾经喜欢诗歌、喜欢电影、喜欢音乐、喜欢小说、喜欢三毛式的游历、喜欢疏离人群但求一静。好巧，我喜欢的那个少年，也喜欢着我的喜欢。

而你，喜欢养花钓鱼、喜欢人多热闹、喜欢一有空就往大山里疯跑、往有水的地方疯跑。兴趣如此大不相同，为何是你？

原以为会一直这样走下去的我和我的少年，如此轻易地就在时光里走散。

我和他使足全力，希望对方眼睛看到的是自己的最好一面，却忘了那根本不是真实的自己。

我和他从不明明白白说出自己的心意，全凭对方来猜，美其名曰"心电感应"。

在人生的每一个十字路口，我和他都放不下自尊邀请对方同行，更缺乏勇敢追随而去。

我们从来只是漫无边际地勾画虚无缥缈的将来，而当下和现在，被选择性地忽略。

我们终于还是以成全的名义放手，各自天涯。除了遗憾，唯有怅然。

而你，看过并且接受我好的坏的每一面。在你面前，我只用本色出演，轻松做一个最真实的自己就可以。

我的理想主义和你的现实主义调和在一起，日子虽然平淡如水，但喜怒哀乐的每一刻都真真切切，具体而细微，充满活力。

你天生热情，身上带暖，什么心思都坦坦荡荡地晾晒于阳光之下，从不让我费心去猜。我们想法有异时，你绝少否定我，更多是鼓励，无论后来的结局是好是坏。

你是唯一一个，在我焦虑时、挫败时、委屈时、生气时、开心时……万种情绪一转身就能畅快分享的人。

人生一路山高水长，起起落落，无论低谷还是巅峰，你从未让我一人独自面对。

这一生，身边的伴，必须是你啊。

遇见一个对的人，大概是人之一生最大的幸事。

而遇见一个对的人的感觉，就好像生命里多出一束光。

而我，恰似一株向爱则暖的向日葵。

第十七个结婚纪念日

1

今天，是我和王先生的第十七个结婚纪念日。

过去的十几年里，我常常被不同的人问到同一个问题：你是哪年结的婚？

无一例外，我总是犹疑不定：是 1998 年还是 1999 年呢？哦，天啊，我记不太清了（尴尬脸）。

遂打电话向王先生求证，或是翻出结婚证一看究竟。

但下次被问起时，健忘症再次来袭。

被忽略掉的又何止是年份。在过去的 17 年里，每年的结婚纪念日，常常被我们粗心地忘记，过后恍然想起，付之一笑。

也不时有朋友好奇地问：为什么选在这个日子？

言外之意，一个带 "4" 的日期，和良辰吉日相去甚远啊。

这我没能忘记。我心里想，这婚，能结就不错了，还管什么吉日不吉日啊。

说起来，我们这婚结得颇多坎坷。

第一次，我和王先生兴冲冲地骑车去了民政局，被认真的办事员大妈指出单位开的介绍信上有一处纰漏，领证未遂。

第二次，走进民政局大门时发现冷冷清清，心里还在为不用排队暗自窃喜，谁知兜头一盆凉水泼下来，工作人员懒洋洋地告知：今天只办理离婚。我的坏脾气当场发作：怎么不早通知？结个婚怎么这么麻烦啊，不结也罢。王先生铁青着一张脸好言相劝。

第三次，终于领得两个红本本。打开来仔细端详，工作人员手写的钢笔字真心难看，配不上我们一脸青春甜美的合影照片。再看日期，8 月 24 日，好吧，既成事实，就是它了。

2

17 年的漫长时光里，给我留下最深记忆的，反倒是那些最久远的日子。

那时，我们刚刚走出大学校园，被命运裹挟着，远离父母家人，独自在另一个城市开启新的生活。我们在最害怕孤独、最迷惘未来、最需要抱团取暖的时日里相遇，心生欢喜和温暖。

那是一段金钱赤贫、精神富足的日子。

我们用不多的收入呼朋唤友，聚餐远游，不亦快哉。

宿舍的长走廊，经常被身为四川人的我，用火爆的辣椒炝炒搞得乌烟瘴气，人人咳呛着掩鼻而去。但总有人大无畏地以胃涉险，昧着味蕾对我糟烂的厨艺赞不绝口。不大的宿舍里，每到周末，高朋满座。最多的时候，围着两个简陋的煤气灶眼吃火锅的人有十来个之多。

那时，朋友聚齐根本是一件轻而易举的事情，全然不似现在，三催四请五个月都未必能见上一面，更别提骑车三四十公里风尘仆仆赶来，只为一顿饱饭、一次寻常相聚的荷尔蒙壮举了。

我们在还有资格挥霍青春的年龄里简单又肆意地快乐着。

晨光未明，睡眼惺忪的王先生蹬着自行车送同样睡眼惺忪的我去车站。不到十分钟的车程里，我靠着他结实的后背打上一个小盹。倘若上了公交车后有座，短信报讯是必然。一个人的幸运，就这么变成了两个人一天快乐的起点。化身车夫的时候，王先生有个外号叫"车蹬子"。

夜色低垂，王先生有了另一个身份，叫作"大水"。在狭小逼仄的厨房里，他打来两壶开水兑成两盆温水，小心翼翼地从我的头顶上淋下，帮我冲净长发上的泡沫。此时，我经常急不可耐地低头指挥洗头工"大水、大水"。

数九寒天，在女生宿舍近乎露天的水房里，经常抱着一大盆衣服卖力揉搓的，是王先生。此时外号翻新，改叫"人工洗衣机"。直到我用在报社兼职第一月的收入，去商场换来一台全自动洗衣机，人工洗衣机这才结束了他的光荣使命。

在没钱的年龄里，我们更能品味到钱的魅力和因此而生发的快乐。

单位发了劳保用品，我是一定要拖着王先生好奇地去商场看看价签的，换算成钱来增添内心的满足感。王先生笑话我：你是有多见钱眼开。

刚刚开始过日子，即使只是买一提卫生纸，也会在超市里看来比去，心里做过 SWOT 分析后方才选定离场。

到了年底，年终奖到手前的那些日子，总是心潮澎湃地以猜数为乐，然后彼此劝慰——平常心，平常心。

我换了一家工资给现金的单位。每月发工资的那天，晚上回到家里洗漱停当后，两个人坐在沙发上，悠哉游哉地从信封里掏出一沓钱来一张张地用指尖捻过，那是幸福感满溢的时刻。王先生笑着说：一股熟悉的葛朗台气息扑面而来。

我对新钱有一种特别的喜欢，但凡手头有脏旧一些的钱币，就嫌弃地要求王先生拿新钱来换。有段时间，王先生四处托人，换来面值不等的一大摞新钞票。看着那些花花绿绿的崭新的钞票，我的心啊，真的乐开了花。每次从钱包里抽出新钱来付账时，心里都泛起一阵阵小甜蜜。

手头的拮据并未影响我们的慷慨。在两个人吃饱全家不饿的日子里，我们攥紧了自己的钱包，省下的钱都贡献给了朋友聚会、探亲访友。

可惜，此后，快乐并非和收入的增长成正比。

当薪水的增长以始终紧绷的疲累为代价，作为解压方式之一，漫无目的地买买买，早已消融掉了购物的乐趣。

当每月工资变成银行卡上的一串数字后，我们渐渐变得对数字变化无感。

我们都怀念那些用手指一张张捻过钞票的日子。

"我们相识于微时。"

多年以后，每逢这样几个字眼出现在眼前，我总是心里一动，快乐又感伤。

那些困顿又快乐的时光，写满了我们走过风风雨雨的每个捉襟见肘又温暖无边的细碎片段。

3

曾经不止一次地被人问起：你喜欢王先生什么呢？

我认真地想了想，发现很难概括。

他是那么平凡的一个人，是那种扔进人潮里瞬时就会消失不见的人。

动心大概是在遇到问题，别人都忙不迭地划清界限、撇清责任的时候，唯有他傻呵呵地说：可能是我的责任，但现在解决问题才是第一位的。

也许是在偶尔面对大笔金钱诱惑的时候，咽下一口唾沫，他最后总能抵御住那点诱惑，劝自己，也是劝我说：咱不去贪。

也许是在我和朋友们懒懒地躺在宿舍床上的时候，看他像一只停不下脚的小蜜蜂一样忙东忙西。

也许是在被天生自带笑果的他逗得开怀大笑的时候。

也许是在他被我在愚人节骗得团团转的时候。

也许是在朋友聚会的酒桌上，没有酒量空有酒胆的他，一饮而尽的时候。

也许是在他父母对我们一众人等说起他的勤快他的懂事他的孝顺的时候。

也许是在看到他和好朋友一路骑行六七百公里，在八达岭长城脚下的合影照片的时候。

也许是在闹了小矛盾，总是他好脾气地放低身段软言求和的时候。

也许是在我家人来京的时候，有钱没钱，他都言辞恳切地说：你别拦着我，他们好不容易来一趟，多花点钱是必须的。

也许是唯有在他面前，我才可以放下所有的人前矜持，做回那个满身缺点的自己。

世上哪有什么无缘无由的喜欢和爱啊，总是由欣赏、气味相投，还有可以自由呼吸的空气，一点一点，经由时间的洗礼，光合作用而成。

4

但婚姻和恋爱是如此不同。

我们总是和一个人的优点谈恋爱，和一个人的缺点过日子，和一个人的全部缠斗一生。

我和王先生，分明来自两个不同的世界。

我矜持，他热情。

我急性子，他有耐心。

我要求精细，他大大咧咧。

我莫不开脸，他放得下身段。

我多数时间好静，喜欢看书、写字、音乐、烹饪；他多数时间好动，喜欢钓鱼捉虾、养鱼养花、自驾野游，乐此不疲。

看电视，我好综艺节目、电影、电视剧；他对时事新闻、纪录片、四海钓鱼、体育频道情有独钟。

即使听歌，也大有不同。我好民谣，他听杰克逊。

至于审美，更是少有达成共识的时候。

婚姻之痒，我们也曾经历。

当初时的新鲜感褪去，生活覆上了一层沉闷、胶着、重复、乏味的阴霾，灰色的，厚厚的，密不透风。

两人身上的每一处不同，每一次观点之争，在对方眼里都有可能变成难以容忍的缺点，变成一根根针刺，扎进对方的眼睛和心脏深处，变成婚姻的一处致命伤。

曲解和发泄，是在婚姻里的每个人，最乐于奉送给另一半的礼物。是的，默默舔舐我们坏情绪的人，总是那个将要陪伴我们此后余生的爱人。

所幸，我和王先生并未消极面对，也庆幸我们还懂得自省、包容和接纳。在长长的时光里，我们摸索出来一套属于我们自己的相处模式，将影响婚姻成长的尖锐锋芒一一敛去，温暖相拥。

5

在我们的相处模式里，很重要的一条是"互夸模式"。

对夸我一事，王先生是不遗余力的。

时常有他的同事、朋友，初次见面时对我说：久仰大名。

我不好意思：哪里哪里，客气了。

对方正色道：是真的，你可不知道，某人各种夸你。

我好奇：夸我什么？

"厨艺一流，能力强，有见解……他说他真有福气找这么个媳妇。"

好吧，我心虚，脸红，但心里着实受用。

再后来，王先生发展到当面吹捧的地步。

每逢在家请客，餐桌上总不忘恭维，还强迫客人附和：我家大厨做菜好吃吧？

夸奖之下，我的厨艺也的确见长，也更加自信。久而久之，我也变得皮厚，耐不住的时候还会开启自夸模式：尝尝看，这是我的拿手菜……

再后来，我一撸袖子，也加入互夸战团。

在家人朋友面前猛夸王先生的勤快，夸他的幽默、孝顺、诚实、好脾气……

事实证明，婚姻里的好孩子也是被夸出来了。

一旦成为好孩子，根本就不好意思让光辉形象变坏。

经过十几年的磨合，我们在某些方面的默契配合已经登峰造极，也找到了可以兼容彼此兴趣的共有空间。

厨房里，我管炒菜做饭，他管打荷刷碗。凡家里请客做大餐，必得王先生在厨房里打下手，麻溜地按照我的要求快速搞定择、洗、切一应事项，事半功倍。

凡出游郊外，渔具、帐篷、卡式炉、各式生鲜菜蔬瓜果卤制品……必整备齐全，且目的地必须山清水秀，一派大好风景。这样，王先生带着女儿钓鱼捞虾，我独自生火做饭、看书写字、听歌赏景，不亦乐乎。

凡周末，但凡三人都有空，王先生必拖着我和女儿走出家门，哪怕只是兜兜风，也换来一口新鲜的空气。

我用了十几年的时间，愉快地接受了这样的改变。

我们也有各自的私人空间，不被打扰，不受管制。在这段婚姻里，我们是两个独立的自由人。

6

这样一个纪念日，我是在去买菜的路上想起来的。而王先生，是在某个工作间隙突然想起，又在下一个忙碌的时刻抛到了脑后，再到傍晚时分想起时，还在一场会议中。

于是，我赠他一盆他爱吃的卤猪蹄，他回敬一张搞怪至极的现场照片。这样就好。

我们经常把普通的一天过成纪念日，反倒是等纪念日真正来临的那一天，不约而同地忘记。

在我们已经走过十七年的婚姻里，没有玫瑰钻戒，没有烛光大餐，没有香槟巧克力，没有任何传统路数中的任一。注意，这不是一个怨妇的幽怨，也不是对传统思维的批判。彼之蜜糖，吾之砒霜。我们只是以自己认为最舒坦的方式来经营婚姻、保养爱情。

所幸，我们的婚姻里，爱情还在，亲情更甚。

就这样吧，王先生，余生请多指教。

七夕节的狗尾巴草

1

恍然惊觉的时候，爱情已经走过第十八个年头。

无论爱情，无论婚姻，无论我们，都已经不再年轻。

我对着镜子顾影自怜："唉，还是老了。"

王先生罔顾事实："可你不显老啊。"

"怎么不显老了？你看这里，再看这里。"我不依不饶。

他定定地看着我笑了，举手投降："我们本来就不年轻了嘛。"

这下我又不干了，脸上故意挤出一副风云变幻的表情包："我怎么就不年轻了？你说说。"

和18年来我耍赖的每一次一样，他走过来，笑着伸手，掐住我的脸："设圈套让我钻是不是？"

2

七夕前一晚，王先生问："老婆，你想要点什么？"

"我警告你啊，什么都不许买。"我不是假意推辞，是真的严词拒绝。

过去的十八年里，这个男人送我的所有礼物，没有一次让我打心眼里喜欢过。最常见的情形是，他献宝一样地捧出来，我胆战心惊地接过去——期待的惊喜妥妥地变成惊吓或是心塞。

十八年来，这个男人在送礼物这件事情上屡战屡败，屡败屡战，在我的衣橱里留下了一堆终年不见天日的藏品。

一起逛街买衣服，我谦虚地以他的意见为参考。从试衣间出来，我站在镜子前左顾右盼，问："你觉得怎样？"倘若王先生极力称赞，我必默不作声地换下衣服扭脸就走；而凡是他摇头表示不赞同的，我会爽快地招呼店员："替我开票吧，就是它了。"

衣服穿上身一段时间后，王先生疑惑自语："不知道是不是看顺眼了的原因，越看越觉得这件好看。可当时你试的时候，分明不觉得好看啊。"

足见他审美水平之烂。

然而，王先生屡败屡战，我的否定一点也没有浇灭他送礼物的热情。

3

这个七夕，他突发奇想，要带从未坐过高铁的女儿体验体验。自打二人世界里多出了这么个小精灵，所有的节日主角都变得高度统一。

　　渐渐长大的小人儿也知道今天是七夕，趴在爸爸耳朵边上悄悄提醒："今天七夕，别忘了给我妈送礼物啊。"

　　我们仨去了天津卫，去了海河广场，去了被称为"天津眼"的摩天轮脚下，去了意大利风情区，去了梁启超故居，去了鼓楼的古玩市场。用脚，一步一步去感受散落在这座城市的零星风情。

　　在一家小店里，我发现了一堆漂亮的手工汝窑花瓶。爷俩鼓励我："喜欢就买啊。"

　　我在一堆摆件里挑花了眼，手里拿起这个，眼神馋馋地剜向另一个……无药可救了，选择障碍症患者。

　　王先生记下了我认真摩挲过的几个花瓶，大手一挥，吩咐店员："这三件都买了。"

　　我不愿意了："干吗买那么多？每天都得伺候花花草草。"

　　王先生拍拍胸脯："交给我好了。"

　　继续逛，路过一个手工市集，我对一个小小的手工布包一见倾心，王先生难得地盛赞，我难得地没有转身走掉。

　　付完账，摘掉标签，我立刻把包包挎在了身上。每走几步，我就喜不自胜地回头问："好不好看？"

　　"好看！"王先生也不嫌烦，一遍又一遍地笑着答。

　　回程的高铁在北京南站停下，我们仨收拾战利品下车。

　　我背上包，再度歪过头去问："好不好看？"

　　王先生牵了女儿的手，喜滋滋地答："也不看看谁给买的，好看！"

　　我给了他两个大大的白眼。

4

临近下午五点，阳光还盛。

从地铁站出来，王先生取了车载我们回家。

车没有直接开回小区，去附近的小花园里绕了一圈。他带了女儿下车，采来一大束狗尾巴草，还有一些黄的粉的、不知名的小野花。

"送你。"

"喂，你居然拿狗尾巴草糊弄我。"

"以后，天天糊弄你的就是它了。"

回到家，我花了点时间摆弄好花瓶，还有刚刚收到的狗尾巴草。一阵凉风从客厅穿过，花瓶里的狗尾巴草顶着一个毛茸茸的绿色脑袋，姿态优雅地迎风起舞。

我拍下照片，发了一条朋友圈，下面有人留言说：好漂亮的狗尾巴草。

我回复说：我也这么认为。

花器质朴，配野花野草刚刚好。

似水流年，爱情平平淡淡走过十八年。

电台情歌

很多美好的回忆，躺在旧时光里呼呼睡大觉。

不一定在哪个瞬间淘气地跑出来，让人想起那些散落在光阴里的故事。

1

我的嫂子只比我大两岁，长得很漂亮。

我从来没有称呼过她嫂子，一直和哥哥一样叫她的小名，很亲切。很多时候，嫂子都是我和我哥之间的传声筒，家长里短，都由她代替我哥说给我听了。

很多年前，在我嫂子还只是我哥女朋友的时候，两个人的恋情曾经闹过一场危机。

那时，哥哥安守在老家工作，嫂子去了成都。

推开门走出去，大城市就是一个满地都是机遇和挑战的花花世界。嫂子一度很动心，想认认真真留在那个城市生活。她试图说服我哥去成都，却被我哥断然拒绝。和扑朔迷离的远方相比，我哥更愿意活在踏实细微的小城生活里。

拉锯战持续了一段时间，两个人开始冷战。我那惜字如金的哥哥从不告诉我过程，我只能用眼睛自己去八卦结果。

一天，在上学路上，一个好朋友兴奋地问我："听到广播没，你哥女朋友给你哥点歌了，是《爱你一万年》哟，这表白，够有勇气！"消息传开来，成了一条不大不小的新闻。我也跟着耳热心跳。

没过两天，嫂子回来了，带回了全部的行李，回到了我哥身边。

有些人生的选择题，得到必然要以失去作为代价，我们永远没办法知道什么才是正确答案，也永远没办法知道，如果换条路走，将会遇到怎样的风景。

直到如今，兄嫂的生活依然安稳着，平淡着，幸福着。没有轰轰烈烈，没有炽热浓情，只是在平凡烟火中，并肩走过年年岁岁。

2

还是一段电台点歌的经历。

大一下学期，我的同宿舍闺密一度情绪低落，除了上课，整日恹恹地闷在宿舍里，少言寡语。

那时候，电脑和网络都还没有普及，我们的课余消遣就是用单放机听磁带，用收音机听广播。

手里的电台频率不时切换，但恒久不变地是追随着好听的歌曲而去。每个电台都有一些经典点歌栏目，像传送门一样，借由那些好听的歌曲，把一个人的心意传递给另一个人。

我们经常在夜里，带着耳机，静听那些电台情歌。听别人的絮语，想自己的心事，等待漫漫时光过去，要等的人浮出水面。

闺密一直消沉，对发生过的事情绝口不提。我和另一个闺密猜测，或许是经历了一段还没有开始便宣告结束的恋情。疗伤需要时间，但我们都希望她身上的这点痛能够快些过去。

一个三月的午后，我和另一个闺密骑了车，顶着北京春季的五级大风，去了当时位于西单的北京音乐台，郑重其事地掏出一个大学生当时半个月的生活费，为闺密点了一首歌。

选的歌我们早就商量好了，《一场风花雪月的事》。我们还被要求在一张纸条上，写下主持人要念给对方听的祝福语。

两个19岁的女孩，对着那张小纸条字斟句酌，最后由我，笨拙地提笔写下：

把一首好听的歌送给你。纵然有一天，我们尘满面，鬓如霜，也希望我们都能在爱里幸福快乐。祝你生日快乐。

好不容易等到三八节的第二天，闺密生日。我们提前准备好了录音机，拉着情绪低落的闺密一起静静地听熟悉的电台广播。

等啊等，等啊等，半小时的节目几近尾声，才终于等来那个叫梁洪的女主持人用好听的声音，一字一句地把这段话念了出来，还真让人有些脸红哪。

电台里，随即飘来那首我们悠悠年少时曾经喜欢过的歌，一场风花雪月的事。

青春质朴的友谊被浓缩在回忆里，几句话，一首歌。其实当时想说的只有一句：再难过，还有我们在。

3

唤醒我这些回忆的，是引发集体怀旧的一部韩剧，《请回答1988》里的一个片段。

双门洞的一群邻居小伙伴们一直在等待初雪的到来，据说初雪天最适合告白。

那个雪夜，小伙伴们一直喜欢的一档电台节目，终于读了女孩德善寄去的信，其实，那是对少年善宇的浅浅告白。

纷纷扬扬的雪花把残忍的真相揭穿，德善误以为的来自善宇的喜欢，其实是善宇利用她，向德善姐姐的靠近和示爱。

会错意的姑娘在雪地里泪雨滂沱，那点青春的悲伤和无奈直抵人心，叫人心疼。回头望过去，那个雪地里的单薄身影，似乎就站在我们当年走过的路上，活脱脱就是我们的曾经。

微信上，闺密发过来一首歌的链接《凤凰花开的路口》，霸道地留言勒令我，"没听到五遍以上不准睡"。

于是设置成循环播放，一遍遍，一遍遍地听过去。第一个五遍，第二个五遍……

很欣慰生命某段时刻
曾一起度过
时光的河入海流

终于我们分头走
没有哪个港口
是永远的停留
脑海之中有一个
凤凰花开的路口
给我最珍惜的朋友

朋友，好久不见，甚是想念。

且以深情共白首

1

某天早晨，我沿着运河岸边跑步。秋色大好，诱惑着我不时停下脚步，拿出手机拍满树金黄的银杏、拍落英缤纷的小径、拍一地松塔的草坪、拍洒满晨光的河水……一对年约七八十岁的银发老人不期然地闯进了我的视线里头。

他们也在拍照。相比于我的随手拍，这对老人要正式许多。

老爷爷手里的装备是一部单反相机，他的老伴儿——也是他的模特——打扮得非常正式，从我的角度看过去，望见的是一个旧时美人的侧影：

她的眉眼、嘴唇都描画过了，脸颊上似乎打了一层淡淡的腮红，既不过于浓艳，又不至于太过苍白，看上去很精神。

她穿了一身素色暗花、镶了金边的墨绿色织锦缎棉旗袍，旗袍的立领高而挺括，遮住了脖颈和下颌处松弛的皮肤，衬得脖子的曲线修长、优美。

　　一串浑圆的白色珍珠项链垂挂在她的胸前，一枚金色的胸针别在右胸上，随着她每一次轻微地转动身体，胸针上密密缀着的小钻迎着光闪闪发亮。

　　想来，年轻的时候，老人家定然是个风姿绰约的美人吧。只可惜，如今年事已高，她坐上了轮椅，即使肩上搭了披肩，单薄的身体仍显得有些佝偻、瑟缩。

　　隔了一段距离，我停下脚步，饶有兴致地看两位老人拍照。

　　老爷爷先端起相机构图，然后摆弄轮椅调整位置，接着再端起相机审视构图，又跑过去给老奶奶整理头发衣服……往往一个镜头下来，要忙活好几遍。北国深秋的早晨，气温已经接近零度，但老人竟然有些热了，脱下大衣挂在旁边的树杈上。

　　轮椅上的老奶奶可能是有些累了，轻轻地扭动着身子，脑袋微微歪向左肩一侧。老爷爷在镜头后面柔声劝慰："素芳（音），就快好了，你不是最爱拍照吗，我给你拍得漂漂亮亮的，好吗？"得了鼓励，老奶奶直起身子，努力地绽开一脸微笑，就在那一刻，老爷爷摁下了快门。

　　摆弄了相机几秒钟，老爷爷小跑过去，献宝一样地把相机伸向老伴儿面前，嘴里抑制不住欣喜地低声嚷着："宝宝，你看啊，你看你有多美，你看我把你拍得有多美！"

　　一声"宝宝"，就这样从一位银发老人的嘴里脱口而出。想来，这个亲昵感十足的称谓，应该也是他们平日私底下用惯了的，否则老人家叫得不会如此自然。纵然婚姻走过半个世纪，想必也历经风霜，但两位老人之间，柔情仍在。

注意到我和几位路人投射过去的目光，老爷爷有点不好意思，讪讪地笑了，收起相机，从树杈上取了大衣穿上，又给老伴拢了拢披肩，推着轮椅就要离开。

轮椅侧转过 90 度角的时候，我才看见，老奶奶的左边脸颊是歪的，牵扯着嘴唇也歪向了那边，大概是刚才笑得太过用力，一串晶亮的涎水不受控制地从嘴角淌了下来……

旁边长椅上坐着的一位中年男人惊跳起来，用手指着轮椅上的老人，老爷爷这才察觉到异常，手忙脚乱地掏出一块手帕给老伴擦净嘴角和衣服，嘴里自责地不住念叨："素芳，都是我不好，折腾了你一早上，又是穿衣服，又是化妆，又是拍照，都是我不好，我这就带你回家。"

接下来的画面让我印象深刻：轮椅上的老奶奶有些疲倦地合上了眼睛，但自披肩下，伸出了颤巍巍的一只手，覆在老爷爷的手上，一点一点的，缓缓摩挲。

那一刻，我确信我看到了白首到老的爱情。

2

前年冬天，母亲因腿疾住院手术。同屋的病友里，有一位年约五十来岁的阿姨。阿姨自山东来京，在短短三周时间里，阿姨的双腿先后两次做了膝关节置换手术，受了很多罪。

好在，她的老伴一直陪在身边，衣不解带地精心照料阿姨，是整个病区出了名的模范家属。

阿姨手术回来，整条腿严重水肿、胀痛，比原来粗壮了一倍。叔叔脸上真真切切地挂着心疼和关切，嘴里说出来的话却是轻松调侃："老婆子，换完零件就好了，以后利利索索地和我满世界玩去。"

叔叔从大夫那里学了按摩手法以后，那双手就很少停下来，只因为大夫说按摩越多，越有利于康复。

我常听见阿姨小声劝阻："你哪来的那么多劲啊？快歇歇吧，要不手都该抽筋了。"

半夜，我在陪护椅上醒来，看见阿姨的病床一侧，一个黑色的身影趴在床边，一只手仍在不知疲倦地一遍遍拂过阿姨的腿。

医院里，病号餐的规矩是提前一天订餐。每天，只要看见叔叔带上老花镜，我就知道他一定是在订餐。

叔叔像是在研究重大课题一般，捧着医院的菜单认真琢磨，推敲良久后，方才落笔，圈下次日要订的饭菜，有荤有素、有汤有菜。偶尔，叔叔还会向阿姨告个假，跑到医院附近的餐馆里订些外卖改善口味。

临到后来，我听见阿姨喜滋滋地表扬老伴："来回来去就这么些花样，被你排列组合得还挺好，一天都不带重样的。"

术后病人被允许能下床以后，大夫都会叮嘱陪护家属，多鼓励病人下地练习高抬腿行走，这对于做完手术刚刚两天的病人来说，无疑是痛苦的。所以，病区里的病人，无论是在复健锻炼的时长上，还是在动作的标准性上，都打了些折扣，陪护家属多半也顺从病人的意志，不忍多做要求。

唯独叔叔，雷打不动地，每隔一小时就好言劝说阿姨下床来，亦步亦趋地陪着阿姨，扶着助行器满楼道里复健锻炼。大概是得了叔叔的鼓励，整个病区就属这位阿姨的腿抬得最高。

在郊区工作的儿子和女朋友周末赶来医院，想要替换父亲两天，却被叔叔大手一摆，断然拒绝："你妈这个时候，只让我陪。"

是的，阿姨的那些小女儿姿态，那些抱怨，撒娇，任性……怎可以在儿子和未来的儿媳面前释放出来。

出院时，阿姨高兴地向我展示她的高抬腿，"你看，我现在多利索"。吓得叔叔一把牵过她的手，"老婆子，你可悠着点"。

我送他们去电梯间，那两只手，握住了，就再也没有松开。

3

没有什么比时光更能让人看透一切。

年轻人整天挂在嘴边动不动就要轰轰烈烈的爱情，抵不过公园里白发苍苍的老爷爷老奶奶一个简单的并肩而行。

林清玄说，浪漫，就是浪费时间慢慢吃饭，浪费时间慢慢喝茶，浪费时间慢慢走，浪费时间慢慢变老。

年少时，你骑辆二八自行车载着我，寒冬酷暑，风雨无阻，你微微弓起的背影就是浪漫。

白首时，晚饭后一道公园散步，你悄悄牵起我的手，放入你的宽大衣兜里取暖，你手背上粗糙的纹路，就是浪漫。

若爱情如水，愿牵手永远。

若爱情需要证明，愿我们都爱上彼此年老的模样。

人间烟火爱情

1

二十啷当岁的时候，做饭是苏荷偶尔用来显摆的技艺和秀恩爱的道具。

提前查好菜谱，挽起衣袖，花上一个上午或下午的时间细细涮涮，待把所有的菜式花式打扮停当，端上桌来，照例引得我们一众单身狗口水长流。

酒肉穿肠过，色胆心中留，只得长叹两口气：大好姑娘啊！可惜已被大张这狗东西捷足先登了，无奈朋友妻，不可欺。

大张的筷子在所有菜上挨个游走一遍，回身对着苏荷撒娇："老婆，酸菜鱼好吃，过两天再给做一次呗。"

围观的饿汉子们倒吸一口凉气，嗷嗷骂着"斯文败类，看把你惯的"，扑上去，恨不能立马把持有长期饭票的大张给撕了票。而脱下围裙的苏荷，一脸笑意盈盈地倚着大张的肩膀站着，受用地听着我们拍马屁。

我们除了吃白食好歹还有别的贡献，不至于良心不安。

苏荷说，一个孤僻到没朋友的男人她是不会要的。苏荷还说，一个对朋友掏心挖肺的男人对媳妇应该也差不到哪儿去。苏荷这么说让我们觉得倍儿有面儿，我们就像是一个充分必要条件，替苏荷佐证着大张这狗东西还算可靠。

那阵子，我们穷得就剩下了时间和胃口。大张和苏荷一有召唤，我们就顶风冒雪屁颠颠地赶过去，为了一顿饱饭，百般配合这热恋中的两口子秀恩爱。

那段时间，柴米油盐酱醋像是顶级护肤品，把大张和苏荷的爱情滋养得明艳动人，把我们的革命友谊滋润得白白胖胖。

2

苏荷二十八岁生日那天，大张叫了我们一群狐朋狗友过去，密谋求婚。

晚上回到宿舍幻想过二人世界的苏荷，看见我们近十个瓦数不低的电灯泡后笑得一脸勉强，眼睛四处寻摸着找大张算账。

我们把系着女式围裙在厨房忙得一脸狼狈样的大张推到苏荷面前，再把大张忙活一下午做的几道菜端上饭桌。原本还会烧个茄子对付个西红柿炒鸡蛋的大张，已经退化到把所有的菜都做得面目可憎的地步。

大张有些不好意思："老婆，你真的把我惯坏了，本想在你生日时露一手，没想到……"

苏荷轻轻接过话头："这些菜闻上去就好难吃，卖相也好难看，但我吧，还真乐意尝尝。"

得，万千情话，也不及一个肯定动人，把大张激动得一个趔趄单膝跪倒在地。

大张凌乱到不按顺序出牌，省略无数煽情的中间步骤直奔主题而去，跪在地上对苏荷胡言乱语："本想再过两三年，等有了房有了车有了娃再向你求婚，但我怕下手晚了煮熟的鸭子飞了，趁你还没有嫌弃我之前赶紧把生米煮成熟饭。苏荷，嫁给我吧！"

我们在一旁起劲地帮腔："苏荷，收了这个祸害吧。"

起哄到后来，众人纷纷倒戈变成荷粉，"苏荷，我们是娘家人""苏荷，别便宜了这狗东西""苏荷，先说好，大张如果敢造次，我们活剥了他"……

大张的临时变阵让分配在楼下放烟花的几位手脚忙乱。好在哥几个反应还算机敏，几簇焰火在缀满星光的深蓝色夜空中绽开来，化为五彩斑斓的星辰，美艳不可方物。

苏荷忘了去安抚大张跪在地上的膝盖，呆呆地仰头望向夜空。窗外万家灯火，缤纷耀目的焰火如瀑布般自高空倾泻而下，和每一个亮灯的厨房擦肩而过。直到最后一丝烟火气息在空气中散尽，苏荷才转过头来幸福地叹气："大张，结婚以后你不会变成一个混蛋吧？"

3

苏荷和大张的婚姻走过4年，少了儿女情长，多出柴米油盐。

刚结婚时，大张向苏荷保证："老婆，我会给你更好的生活。"他没有食言，四年间，在这处叫做"家"的工地上，大张贷款买下了一套三居室的房子，又买了一辆SUV，银行卡上的数字逐渐增多，家里添置的大宗物件也越来越多……

大张经常志得意满地给苏荷洗脑："一个成功的男人背后必须要有一个败家的娘们，媳妇儿，随便买！"

物质富足后的苏荷不是不开心。但当她发现，得失之间，那些散落在过往的柔软细节已经悄然四散，苏荷怅然。

没银子也没车子的时候，每天早晨天不亮，大张会蹬着自行车送苏荷去公交车站。

没银子也没厨房的时候，狐朋狗友常来常往，一间十来平米的狗窝装下了十来个人的大胃和快乐。

没银子也没微信红包的时候，大张一边往红包里一张一张地塞钱一边愤愤："媳妇儿，要不少给点，万一这孙子哪天再来个二婚哪。"

没银子也没那么多应酬的时候，大张会缠着苏荷问："媳妇儿，今天给我做啥好吃的？"

没银子也没房子的时候，大张比苏荷还要精心地照顾她的一头长发，隔天就去水房打来热水给苏荷洗头。

没银子也没洗衣机的时候，大张大冬天一个人端着一大盆衣服去水房里哼上半天歌。

没银子也买不起飞机票的时候，两个人在绿皮火车上挤挤挨挨一夜无眠，呼喝着一路奔向高山大海。

没银子也没有一身赘肉的时候，每一张照片里的大张和苏荷都是一副清秀的大好青春模样。

……

四年前，苏荷幸福地叹着气说："大张，结婚以后你不会变成一个混蛋吧？"

四年后，苏荷连辨明大张是不是变成了混蛋的时间和机会都没有，只知道，狗东西大张在生意场上越发嚣张，留在家里的时间本来就屈指可数，多数时候还都是醉卧床上。

对苏荷来说，不知从什么时候开始，日子变成了一幕幕独自担当的独角戏。

酒醒的大张偶尔对苏荷说，"媳妇，你别那么累，请个小时工收拾家吧""媳妇，别做饭了，外面吃吧""媳妇，你把工作辞了得了"……

苏荷自有一份坚持。

下班后从幼儿园接了三岁的女儿兜兜，苏荷急着赶回家做饭，兜兜磨蹭着想和小朋友一起看蚂蚁搬家，苏荷耐住性子哄："兜兜，等咱们以后有时间了再来看小蚂蚁，好吗？"兜兜抬头，脆生生地说："妈妈，不用等以后，我现在就有时间。"

饭桌上，兜兜还没有学会婉转："妈妈，总吃这个菜菜，我都吃腻了。"

夜深了，终于还是没能等到大张回来的兜兜睡眼惺忪地嘟囔："妈妈，我想让爸爸接我一次，让别的小朋友看看我爸爸有多帅。"苏荷俯下身贴了贴兜兜的脸。

又是一年结婚纪念日。心存念想的又何止兜兜一个。温热的眼泪滴到棉被上，迅速晕开成一个圆圈，苏荷嘴里无声地说："大张，你个混蛋。"

4

混蛋的又何止大张一个，青春也好，爱情也罢，哪个不是任性地说来就来说走就走，连声像样的道别都没有。

相爱三年、结婚四年，传说中的七年之痒宿命般地驾临，痒得苏荷满心抓挠不得安宁，心情湿湿的，整日不见阳光。

有什么不知足的？过去、现在，难道只能是一道单选题？漫长的生活接下来要怎么经营？三十二岁的苏荷被这些要命的问题困在原地动弹不得。

把兜兜寄存到父母家里，苏荷直奔西藏而去，一个人。日喀则、山南、林芝、冈仁波齐、纳木错、羊八井、罗布林卡、布达拉……一路胡乱行过去，多年前和大张一起背包走过的这些地方，把苏荷搞得筋疲力尽。

兜兜转转，苏荷在拉萨一家叫作"彼岸"的客栈歇住脚，蒙头睡了个昏天黑地。接到大张打来的电话，苏荷只是平淡地报个平安，再无一句多余废话。

没有接到任何人的通知，第二天，大张抱着兜兜风尘仆仆地出现在苏荷面前。

兜兜有点高反，软软地趴在苏荷肩头泪眼汪汪："妈妈，我头疼，我想回家，可是爸爸说，妈妈在的地方才叫家。"

大张搂过苏荷的肩："媳妇，我想过了，我娶的是你不是钱，别扔下我和兜兜。以后的路，还是咱仨一起走的比较好。"

被晒得暖暖的墙根下面，有人在弹着吉他轻轻哼唱——

　　有爱的地方
　　那就是家
　　没有爱的地方
　　那就是三万一坪的房子

在离天空最近的这座城市，阳光不被打扰，信仰无边无际，烟火重归人间。

一个人的马拉松兔子

9月20日的北马，42.195公里处的终点线，迎来一波又一波胜利者的狂欢。

第一次参加马拉松，第一次跑完一个全马距离，第一次参赛就在5小时以内完赛……越过终点线的脚步虽然停了下来，但林新月整个人就像刚从笼屉里端出的馒头，浑身上下都冒着热气。颇有纪念意义的一刻到来，一时间，新月不知该用什么方式来庆祝。

几个一路同行跑下来的大学生友好地招呼新月合影，又互相加了微信。照片上的年轻女孩们身材纤细美好，笑得一脸灿烂。远远望过去，新月在里面无论脸蛋身材还是气质打扮都和女孩们不分上下，甚至更清秀一些。有个妹子快人快语地点赞："姐姐，你好漂亮！""是吗？"新月看着照片笑笑，不置可否。

我就站在新月身后不远的地方，等着她想起我这只陪跑的500兔子。

1

陪练是一项枯燥的差事，但好在一年多的时间里，林新月不断掏出很多她从小到大的故事讲给我听。

钟昊比新月大两岁。钟、林两家同住一个部队大院，前后楼相距不过20米，新月爸爸和钟昊爸爸一个师长一个政委，是多年的老搭档，对越自卫反击战时，新月爸爸为救钟昊爸爸被两颗子弹洞穿肩膀。

过命的父辈交情一路传下来，两边父母都巴不得两家合一家，钟妈妈打小就向钟昊灌输腐朽思想，"儿子，喜不喜欢新月？喜欢的话，新月就是你媳妇，你可得看好了。"从此，在钟昊嘴里，新月的名字变成了"媳妇"。

新月小时候粉面玉琢，乌亮的眼睛喜欢追着人跑，笑的时候嘴角咧得大大的，露出几颗白得剔透的小牙，肉肉的婴儿肥挂满全身上下，煞是可爱。

会满地跑以后，新月变成了钟昊的小跟班。嘴里夹缠不清地叫着"哥哥，哥哥"，脚下一刻不停地追着钟昊跑。偶尔摔跤，也不哭，在地上趴一会，等痛劲儿过去之后爬起来拍拍衣服上的土，讨好地对着钟昊咧嘴一笑："哥哥，我没摔疼。"

等到新月上到三四年级，钟昊在学校里变成了一个狠主。原因无他，每当新月因为填不满的大胃或是胖胖的身材被人嘲笑，钟昊就得撸袖子挺身而出，装不知道都不成，不然被新月一状告到老爷子那儿，钟昊就得吃挂落。学校里，同班的男生们挤眉弄眼地嘲笑："昊子昊子，娶个胖子。"

11岁的钟昊跨进初中校门，一觉之后觉醒，再不肯管新月叫一声"媳妇"。

又过了两年，新月也升到初中，和钟昊同校。十三岁的钟昊个头已蹿到1.75米，见风长成一个高高帅帅的小伙子。上学、放学，钟昊都被钟妈妈要求和新月同路。

钟昊气急败坏地粗着嗓子对老妈吼："你还是不是我亲妈，塞个胖子给我做媳妇！那叫早恋，你懂不！"

钟妈妈冷笑着一巴掌扇过去："你就是野生的，也得给我护好了新月，没眼光的臭小子，看不出来吗？新月瘦下来就是大美女一个。"

回身一眼瞥见新月在钟家门口进退两难地站着，钟昊余怒未消："人家是新月如钩，你是面如满月，干脆改名叫满月得了。"

那是新月第一次听见钟昊叫她胖子，也是第一次升起内心自觉，原来她这样身材的女孩不配叫作新月。回到家，躲进小屋，新月的心痛了很久。

2

无论新月的学习成绩有多出色，文采有多出众，钢琴弹得有多行云流水，"胖子"这个抹不掉的另一重身份依然如影随形地陪伴了她几乎全部的学生生涯。胖子的阴影面积是如此之大，吞噬了新月身上几乎所有的光芒，让她的青春变得黯淡无光。

钟昊的视线，从十一岁起，就永远停留在新月以外的地方。

新月悲伤又绝望地见证了钟昊十四岁时成为学校足球场上的风云人物，见证了钟昊在十五岁时对一位身材火辣的高年级女生行注目礼，见证了钟昊在十六岁时写下第一封情书，在旱冰场上和女生第一次牵手，也见证了钟昊从高中到大学几段无疾而终的爱情。

无一例外，钟昊的每段爱情故事里都有一个漂亮又身材姣好的女主角，也都有一个胖胖的小跟班女二号。

身为一个胖子，新月把自己对钟昊的那点小心思掘地三尺埋了进去，深怕一不留神跑了出来，打碎满地自尊。

公正地说，钟昊一直对她不错，但仅限于一个哥哥对妹妹的关照。

钟昊鼓励新月减肥。他会说，"减减吧，减下来哥给你重金奖励"。要么说，"减下来哥给你发男朋友"。再不然就是，"减下来哥带你吃遍世界"。

所有的利诱，最后都没能撼动新月的体重分毫。在新月的作战计划里，总是希望以闪电战的方式速战速决，结束和一身肥肉的长期殊死拼搏。绝食暴瘦，凶残反弹，弹出新高……一轮接一轮的美梦被催生出来，又被噩梦打压下去，周而复始，直至幻灭。

我猜，新月的屡战屡败，是因为在钟昊所有开出来的利诱里，唯独没有一个——"减下来，哥做你男朋友"。

新月说，那时候想，要不，就这么算了吧。像别的胖子一样，领受胖的宿命，接受胖的人生，找一个接纳胖的人，和胖的自己和平共处，在岁月的长河里做一枚安静的胖子，学着别人让胖变成另一种精彩。

3

有时候，所有的超能力爆发，动力或许只源于一个莫名其妙。

通过曲里拐弯的朋友牵线搭桥，新月找上了我，那是她体重达到峰值的时候，142斤。我告诉她，在我这里只有持久战没有攻坚战，只有脚踏实地的汗水没有一步登天的神奇。新月想了很久，慎重点头。

在我给她制订的减肥作战计划里，首先是一轮为期13天的高蛋白减肥法，我希望用数字带给她信心；接下来，我计划全面改造她的生活习惯和饮食习惯，早睡早起，三餐定时，低油低盐低脂，少食多餐；同时，开始力量训练和有氧训练，力量训练每周2次，在健身房完成，有氧运动由跑步、动感单车、HIIT穿插进行，每周2-3次；一个月安排一次体测。

我并非一个专业教练，只是有一段堪称傲人的成功减肥经历，也由此成为一个长期的运动爱好者，参加过近十场大大小小的马拉松赛事，颇有点心得而已。我开给新月的，是一副再朴实不过的药方了，所有的深奥要义归纳起来，不过是耳熟能详的六个字——"管住嘴，迈开腿"。

在这个看上去内心笃定的女孩面前，我带给她的全部价值，除开这份计划，唯有陪伴和鼓励。

这一陪就是一年。

我从方法和姿势开始教她，然后是风雨无阻的陪跑陪练，在她情绪糟糕的时候我还得充当一个心理疏导师，小有成绩的时候，我会奖励她撸个串或是默许她放纵一下，吃点垃圾食品解解馋。

新月慢慢从发生在自己身上的细微改变中尝到了甜头和快乐。

告别40多斤赘肉后，曾经的那个新月已经走远。钟昊妈妈没说错，瘦下来的新月果然变成了一个自信满满的美女。

我想我是爱上了这个女孩，无论她的曾经还是现在，对我来说都是风景。否则我怎么会甘愿做一只陪跑的500兔子？

4

终点线外，新月终于回身看向我，我嘴角噙笑地看着她："丫头，讲究一点，你是不是该犒劳一下为你鞍前马后的500兔子啊。"

马拉松比赛中，引领比赛节奏的领跑者被称为"兔子"，担任"兔子"的一般都是马拉松老手，经验丰富、配速稳定、节奏控制得当。每场马拉松赛事上，组委会都会招募不同速度的领跑员，俗称"官兔"。 500兔子的意思是跟着他们的节奏跑，大概5小时左右即可完赛。

我之前的马拉松最好成绩是340，本来一直憋着劲要PB突破 330，可我最终还是选择了陪跑在新月身边．

作为一只私家 500 兔子存在，就是我在本届北马的全部意义。

5

从远处走来一个年轻帅气的高个子男人。新月迎着他跑去，跳进他张开双臂的怀抱，两人在一起的画面很和谐。

不用猜，我知道这就是钟昊，新月从小到大的执念。

该圆满的终于圆满，该成全的只能成全。只欠一声告别，我就可以潇洒退场。

不知道新月对钟昊说了什么，他牵着新月的手走过来，笑着向我伸出右手："谢谢你，让我终于可以抱动这个胖姐。"新月重重的一脚踢向他："够了，你可以有多远滚多远了。"钟昊瞄了我一眼，讪讪地骂："死丫头，这么记仇，连个机会也不给。"

钟昊走远，我和新月一时无话，气氛有点小小的尴尬。

新月深吸一口气，转头面向我打破沉默："昨天那个最糟糕的林新月，你见过。今天这个还算够及格线的林新月，你也见了。到现在为止，我最坏和最好的一面你都看到了，我必须谢谢你一次也没有嘲笑过我，更没有放弃过我。我认真地想过，如果有一天我变回一个胖姑娘，你也许是不嫌弃我的唯一一个……艾玛，话太丢人，我是不是该杀你灭口？"

我截过她的话头，一本正经接着说下去："丫头，请打住，把这个表白的机会让给我。我，邓家铭，年方三四，体健貌端，大学毕业，投资行业，经济情况良好，没有不良嗜好。的确，我见过 142 斤的林新月，也见过 98 斤的林新月，无论胖瘦，你都配得上一个更好的自己。如果可以，我愿意一直做一只带着林新月标签的专属陪跑兔子。"

爱要怎么说出口

命运待人并不完全公允。

我们一路走着，不断遇见、不断错过、不断分离、不断重逢……

那些路过我们身边，本以为可以相守到老的人，可能连声像样的告别都没有，就被时光抛在脑后。

1

香港回归那一年的九月，钟扬升入高二。

经过一年时间的打磨，这个在篮球场、学校音乐节上一分一分为自己挣得人气的帅气男孩，成了活跃在学校的一颗耀目的新星，变成女孩子们私下里的谈资，有了越来越多的拥趸。

高二开学不久的一天，晚饭后的钟扬走出楼门，急匆匆地赶去学校上晚自习。

巷子的另一端，苏苏穿着一条式样简单的白色棉质连衣裙，一头黑亮的长发披散着，光影下的眉目不甚清晰，双臂收拢了背在身后，一双白色系带的凉鞋在水泥路上敲出轻盈的脚步声。

那个傍晚，在钟扬的眼里，十六岁的苏苏是一幅素净浅淡的水粉画。钟扬第一次品尝到动心的滋味。

钟扬后来知道，苏苏是同年级三班刚刚转学来的女孩。

有心的刻意，再加上缘分的相助，和苏苏的遇见变成了钟扬每天甜蜜的例行公事。

这一天，钟扬从家里窗户望出去，那个女孩又开始了每天钟表一样准时的散步，仍是背着一双手，轻轻巧巧地走过来，钟扬深吸一口气，抓起书包跑下楼，刚巧赶得及站在苏苏面前说："你好，认识一下可以吗？我是钟扬。"

后来，在这一天的日记上，苏苏写道："在无数次的遇见之后，那个叫钟扬的男孩终于对我说'你好'，天空上好像突然开出了温暖的花朵。"

2

即使从这一天开始，钟扬就调整了两人作息的时间差，天天打着同路去学校的名义，陪着苏苏穿过那些大街小巷。

即使装了小心思之后，一向热闹的钟扬转而变得安静，篮球场上也少见他的身影。

即使在闹了别扭之后，钟扬给苏苏写信，不，其实是写给他自己：你是我十七岁、十八岁、十九岁……乃至永久的希望，希望我们永不分离。

即使和钟扬在一起的时间多了以后，苏苏被女孩子们有意无意地孤立。

即使看在众人眼里，钟扬和苏苏俨然就是一对阳光下的小情侣。

但爱情两个字，始终没有出现在钟扬和苏苏的嘴里和笔下。许是因为少年羞涩、勇气不足，又或者因为内心骄傲作祟，再或许是对感情欠缺把握。

"TA 也爱我吗？"这个隔了一层窗户纸的问题，煎熬着两个人的心。确定一个人是否爱着到底有多难？

3

翻过年的六月里，是钟扬认识苏苏后过的第一个生日。

钟扬一直不缺人气，早早地就开始接收生日礼物，球鞋、打火机、运动手表、手套围巾、巧克力……当然还有情书。但他一直好奇另一个人会送他什么，无论俗套的还是特别的，都让他无比期待。

在那个炽热午后的体育课上，在跑圈的男生队伍再次追上女生队伍的那一刻，苏苏侧过脸对自身边跑过的钟扬低语："要不要去清华听毕业演唱会？"

六月的清华园很是热闹。几个即将毕业的或是毕业后返校的清华人，不约而同地选择了以开演唱会的方式来和校园做一场颇具仪式感的告别。

钟扬和苏苏各找理由逃了课。场场不落地看完了吴虹飞的毕业演唱会，李健、缪杰的告别清华演唱会，还有毕业后返校的卢庚戌的个人演唱会。

那些在今天闪亮的名字，当时只是在清华园里青春飞扬。但这不影响他们真诚地把理想和爱情、甜蜜和忧伤编织起来淬炼成诗，和着木吉他的轻柔和弦浅吟低唱，用一把年轻纯净的嗓音把青春的颂歌唱得分外温柔动听。

> 有没有听到那个声音
> 就像是我忽远忽近
> 告诉你
> 他来自我的心

在装满几千人的大礼堂里，在沸腾着的人群中间，钟扬第一次牵起苏苏的手，高高举过头顶，和着音乐节奏挥舞着。和在场的很多青春面孔一样，他们在歌声里泪流满面。

1998 年夏天的那三场校园演唱会，犹如效力惊人且作用持久的催化剂，把十七岁少年的理想点燃。钟扬越来越确定他的理想国里的两个关键词——苏苏、清华。

4

钟扬从没有向苏苏坦白过他的理想。无论是对清华的向往，还是对苏苏的认定，统统隐秘地藏在他的心里，生根发芽，肆意疯长。

每当苏苏问起，钟扬总是随意地说，"随便找所大学上就好了"，苏苏为此着急，胜过操心自己的学习。钟扬刻意隐瞒了想上清华的愿望，他不希望刺激到成绩平平的苏苏，但暗地里开始卯足劲学习。

钟扬的成绩进步很快，期末考试跃升到年级第32名。高三一开始，年级重新分班，他如愿以偿被分到了提优班。按往届经验，提优班的学生90%以上都会被第一批重点大学录取，所以，分到提优班，就如同吃了半颗定心丸。

相比其他班，提优班管得更紧，下午放学和晚自习后，都会分别加上一节课，钟扬就像被上紧了发条的钟表，被理想驱动着，不知疲倦地奔跑。

开学不到一个月，这一天的体育课后，钟扬带着刚刚从篮球场上挥洒汗水后的一脸涨红，被高三提优班二十八岁的年轻女班主任请进办公室，班主任各种旁敲侧击提醒他，别让早恋误了他的大好前途，钟扬梗着脖子眼神无畏地迎向班主任："我知道您说的是谁，我们没有早恋，就是好哥们而已，她不是我的菜。"

在爱情中没有安全感的两人间，一万句动听的情话也抵不过一句对两人关系的否定。可惜钟扬是在多年以后才明白了这个道理。当否认渐成习惯，就如一根刺扎进彼此心里，成为时光埋下的最大伏笔。

钟扬埋头书本的时间多了,和苏苏在一起的时间自然压缩了。

周围的议论多了起来，都说钟扬对苏苏的心气儿可能淡了，"不是我的菜"这话不知怎么也传到了苏苏耳朵里。

苏苏心里难过，躲在无人处掉过几次眼泪，但表面上却是一副无所谓的样子。这不仅骗过了旁人，也骗过了钟扬。爱他？不爱他？钟扬分辨不出苏苏对他的感情，这让他心里患得患失。

5

高考放榜，钟扬如愿以偿地被清华录取，而苏苏勉强上了二本线，去了外地一所大学。

苏苏搬离亲戚家房子的时候，钟扬不在。家里亲戚朋友本来就多，八方来贺，钟扬忙着赴各路庆功宴。搬家倒也简单，苏苏爸爸一辆小车的后备箱就装下了苏苏的全部行李。

等到钟扬来寻，已是人去屋空，想要联系，这才发现苏苏连一个电话号码或是地址也没有留下。

大太阳炙烤着的正午，钟扬一脸懊恼地站在紧密的大门外面。门缝里隐隐露出一角白色，钟扬费了点劲才把一个信封够了出来。信封里面装了一张明信片，背面是苏苏的字迹，没头没脑地写着几句话："想说的很多，但不知从何说起，还是就此别过吧，多珍重。"

钟扬一拳捶向门板，年久失修的门框上簌簌地掉下灰来。十七岁的钟扬恨恨地对自己说："搞不辞而别是吧，别就别，有什么大不了的，我就不信了，以后找不到比你更好的！"

6

因为何晶的关系，钟扬和苏苏在大一暑假时再次有了交集。

何晶是当年学校舞蹈队的队长，在高中时期，即使明知钟扬身边有苏苏的存在，何晶依然锲而不舍地追求着钟扬。

乘虚而入的段子虽然老套，但很有效。何晶在北航，离清华也不远，经常以老同学的身份找去钟扬学校。钟扬打球时，她在篮下递水递毛巾；钟扬要去自修，她早早地跑去自习室占座；钟扬去食堂买饭，她总有本事靠着一脸甜甜的笑让大师傅多盛半勺菜；钟扬宿舍聚餐，她顶风冒雪一趟趟地跑腿买啤酒……久而久之，钟扬的球队队友、宿舍室友都被这个漂亮姑娘所打动，自觉自愿地当上了何晶的说客。

只有何晶知道，钟扬心里有执念。

大一暑假，她约了苏苏去滑冰，说是有事要告诉苏苏。虽然有点意外，但苏苏还是去了，心里有些预感，也有点渴盼。

一见面，何晶亲热地揽住苏苏的肩头，把她带到冰场边上的长椅上坐下，"不急，咱们再等一个人"。

没几分钟，钟扬的身影出现。苏苏心脏漏跳了几拍，脸上开始发烧，她甚至有点担心脸色是不是会出卖自己的想念。

何晶起身，蹦跳着迎向钟扬，回身之时，她的胳膊已顺势挽上了钟扬的胳膊。钟扬一愣，旋即看见了坐在长凳上的苏苏，也就明白了何晶演的这一出。钟扬脑子里转过千百个念头，最后还是任由何晶把他带到苏苏面前，"苏苏，重新认识一下，我的男朋友钟扬"。

苏苏起身，礼貌地把手递向钟扬："好久不见。"转而面向何晶说："恭喜你，终于得偿所愿。我有事，先走一步。"

钟扬一直在饶有兴趣地观察苏苏，想识破她面具下的真实想法。但，所有的情绪都被苏苏掩饰得很好，待到苏苏转身离开时，钟扬知道，自己又错了。

7

有些错是根本没有挽回机会的。

即使事后钟扬果断地和何晶做了一个彻底了断。即使钟扬千里迢迢找去苏苏学校试图解释，但终究于事无补。

大学毕业前，钟扬再次坐了一夜火车去了苏苏学校，只想在出国前再悄悄看她一眼。

苏苏一个人从食堂里走出来，瘦得不像样子，让人心疼。

钟扬终于还是忍不住从树后走出来，站在了苏苏面前。还是那个苏苏，一本正经地告诉他说："祝你留学顺利。"

他恼火："苏苏，你有点儿心好吗? 多大的事, 就不能原谅我吗?"

苏苏慢慢摇头再低头："你没有做错什么，不需要我原谅，我一直就知道，我不是你的菜。"

五年前，时光埋下的伏笔一直还在。

8

2008 年夏天，北京奥运会前，留美四年的钟扬第一次回国，被高中同班的哥几个拽去浩子开的 KTV 重聚。

嘉士伯喝到第六打的时候，浩子一脸神秘地凑近钟扬："回来还没找过苏苏吧，哥们给你剧透一下。"

猝不及防，浩子手机屏幕上蓄着短发、微胖而陌生的一张脸出现在钟扬眼前。

浩子用力搂了搂钟扬的肩膀："哥们，还是你那会儿有远见，早知道她不是你的菜，谁能想到再漂亮的妞一胖也变贾玲了。"

大曹在一边夸张地捶胸顿足："不吃还占着，那会儿弟兄们对你的怨气儿可大了去了，要搁我们手里护着，没准还是大美女一个。"

"有你们什么事儿啊，人家豺狼配佳人，刚刚好。"说话间，老胡又打开了一瓶洋酒。

只有山子，当年恨不得和钟扬合穿一条裤子的兄弟，在旁边不阴不阳地说："谁痛谁知道，你们就别往钟扬身上招呼刀子了。"

钟扬的脸被房间里五彩斑斓、明灭不定的灯光涂抹得像个调色盘。他神情专注地看着手机上那张陌生的脸，脑子里闪过的却是另一个在记忆里被反复雕琢过的娇俏身影。

在嘈杂的音乐声里，钟扬一字一句地说："都是过去时了，她不再是我的菜。"

9

钟扬的确无数次很努力地告诉自己：算了吧，她不是你的菜。

但这样的努力在抹不掉的想念面前变得如此苍白无力。

　　他试图交过好几个女朋友，大陆的、台湾的、加拿大的、美国的。每次，借着酒精的作用，他把头埋进那些不同颜色的头发里，嘴里含混不清地叫着Darling，总是在激情褪去的下一刻就感觉索然无味，然后陷入沉思：明明那么容易就说出口的一句话，为何偏偏在苏苏身上金口难开？

　　逢场作戏没有给钟扬带来任何一个可以携手走向教堂的伴侣，钟扬索性破罐子破摔，置父母的催促于不顾，醉心于学术，在世界各地游走。

　　几千公里外的地球另一端，幸而苏苏像一个具备自我修复能力的机器人，虽然用了很长一段时间，但到底是把自己重新变回了那副美好的模样。在周围同事的关心下，也半推半就地见了几个大好青年，只是实在不想将就，所以一直也在寻寻觅觅。不过，在心里，钟扬依然是个尚未痊愈的伤疤，一碰就痛。

10

　　接到钟扬死讯的时候，苏苏正在公司加班。办公室的白炽灯明晃晃地耀眼，高中同学相继发在朋友圈的消息更像是一个个的愚人节玩笑。

　　前一天，钟扬去洛杉矶参加一场学术研讨会。步行回酒店途中路遇抢劫，钟扬试图从两个摩托男子的夹击下奋勇脱身，往一处小径拼命跑去，没想到这样的举动更加触怒了劫匪，待钟扬跑出二十米开外，一声枪响正中他的心脏部位。

两周后，苏苏去参加了钟扬同班同学在国内组织的追思会。去之前，苏苏给自己做了很长时间的心理建设。

苏苏第一次见到钟扬的爸爸妈妈。

钟妈妈泪眼婆娑地盯着苏苏看了很久，末了，把苏苏叫到一边，掏出一张照片问："姑娘，这是你吧？"苏苏接过照片一看，那应该是在她公司楼下，拍得明显有些仓促，画面也有些模糊，似乎苏苏当时正在和人打招呼，蓄着短发，微胖的一张脸，心不在焉的笑容。

苏苏记起来，那应该是在那段长长的自暴自弃的时间里拍下的照片。那几年里，她先暴瘦，再胖起来，周而复始了两三个来回。翻过照片背面，是两行熟悉的字迹：

为何明明相爱却要分开？
爱要怎么说出口？

苏苏泪如雨下。

11

五个月后的 2014 年 8 月 28 日，苏苏三十四岁生日的那一天。

前一天，苏苏刚刚送给自己两份生日大礼，一是辞职，二是一部贵得令人咂舌的单反相机。

一封新邮件躺进了很多人的邮箱里："这是真的。你的 Messenger 服务将于 2014 年 10 月 31 日关闭，距离现在还有 60 天……"

一时间，QQ 和微信上泛滥着一片告别的声音，"再见 MSN，青春无悔！""MSN 走好，我的青春再会！"……

苏苏想起那些和 MSN 朝夕为伴的日子，可如今，连账号密码都已记不清。苏苏试了好几组密码，才成功登录 MSN。

"漂在外面这么多年，我累了，我想把自己打包成一份生日礼物，不知道那个叫苏苏的姑娘是否喜欢？"时间是——2012 年 8 月 28 日，这段留言的 MSN 头像是钟扬。

这句留言颇有用心地潜伏在那里，把钟扬的那点小心思一藏就是两年。

那一年，苏苏和钟扬都是三十二岁。时光未老，人也还在。

余生想念的味道

给你讲个我听来的故事吧。

故事的主角，是一位非常出色的面包师。

据说，在成为面包师以前，他是一名资深的建筑设计师，在业内鼎鼎有名的一家建筑设计事务所任职多年。

他领略过全世界很多个城市的清晨和夜晚，和不同肤色年龄性别的人握手拥抱，品尝过那里形形色色的便当盒饭商务餐和顶级盛筵，也在那座城市的某处留下过至少一座他的建筑设计作品。

他用了除吃饭睡觉以外的几乎所有时间来塑造这个世界。一件件设计作品，渐渐为他堆叠起不菲的财富，还有鹊起的声名。

然而，在某个毫不出奇的日子，他突然宣布放弃这一切。和巅峰告别，没有一丝犹疑，自此淡出人们视野。

半年后，他再度出现在人前。

一身浆洗得硬挺的雪白制服，头上戴着高高的白色桶帽，脖间系了一个漂亮的红色领结。

透过宽大的透明落地窗望进去,他在长长的料理台前蹙着眉,认真地忙碌着,不苟言笑。

他开了一家面包店。

仔细看上去,店面虽不大,但每处细节都叫人啧啧称奇。两层台阶用光泽尽敛的青色条石铺成,仔细端详,上面浅浅地刻了一树舒展的花枝,枝头用篆体刻了两个字——"味暖",稍不注意,很容易被看成是"暧昧"。

味暖,好奇怪的名字,却做了他的店名。

他的店很火。

火到日日排队、天天售罄,很多熟客和他成了微笑问候的陌生朋友。

营业时间从下午两点开始,首先免费派发试吃品。50个不同花色式样的精致西点被人们一抢而空。每天的这个时间,很多周围的住客和写字楼的白领三三两两地走进他的小店,用一盏下午茶的时间享受一两块色香味俱佳的西点。

他像老朋友一样随意地和试吃的人们交谈,征询他们对味道的反馈意见,顺便记下他们的订单。

下午4点以后,结束悠闲,店里开始忙碌。一直到晚上8点左右,排队的人群才逐渐散去。这期间,他不时在落地窗前现身,把一张张写有"售罄"字样的卡片贴在某样品名后面,直到每个品名的后面全部贴满卡片。

每天的最后一个客人总会收到意外之喜。这喜,来自于店老板的大方免单。

每当此时，客人一脸惊喜地说："这怎么好意思？正常算账就好了。"

他总是温和地笑笑："最后一份，我卖完了，你也买到了，多好，咱们都很幸运，你和家里人喜欢吃就好。"

客人千恩万谢地离开。

四年前，他曾经有过一段婚姻。

见过那女孩的人都说，这小子有福气。

女孩的父母都是大学教授，家境和家教都相当不错。她还生得漂亮，五官小巧精致，皮肤白皙，一头黑直的长发垂在腰际，颇有几分传统古典美的韵味，举手投足温文尔雅，性格也温温柔柔，大方牵了他的手只是浅笑，任由他一众朋友大呼小叫。

难得她和她的家庭没有任何犹豫地接纳了他。那时事业刚刚起步，他还只是一个接些小活的助理设计师，农村家庭的成长背景，让他在很多方面都表现得有些拘谨，不够自信。

是她，改造了他。改造了他的穿衣风格、行为做派、待人接物，也改造了他的眼界视野，带他领略到更广阔的生活和人生风景。

从她和他在一起后，他在建筑界的每一次亮相，身旁都站着她。是的，她的父亲是建筑系的知名教授，平日往来俱无白丁。她以这样坚定支持的方式告诉人们：他，是我和我父亲看重的人。

从此，他一路高走，前路越走越宽阔。他心底里是感恩的，但他不是一个把感恩挂在嘴上的人。所以，他唯有以更加努力地站上更高峰，来作为对这一家人知遇之恩的回报。他的内心还藏有一份不可言说的骄傲，依靠妻父荫蔽让他总是觉得窝囊，他暗下决心，总有一天，他会用实力来说话。

然而，他还是错了。

她颇讲究点生活小情调，经常兴致勃勃地拖了他循着诱人的味道找不同的餐厅吃饭；也试图拖着他去各处旅行，而不仅仅是像他出差时的蜻蜓点水、走马观花。

他忙，忙得昏天黑地。他时常抱歉地对她说：饶了我吧。我忙的是事业，不是生意，多支持我。

于是，试图拖他出门的人默然了。

初认识时，她满心欢喜地带着他出入各家餐厅，偶尔还会在家里厨房摆出一副大阵仗来，花费两三个小时的时间做出三五道拿手菜来，只为了听他夸一句"好吃"。

但对他而言，再好的美味，吃进他的嘴里都如出一辙。所以，从他嘴里说出来的每一句赞赏，只是出于礼貌的回应，大多言不由衷。

他一直有个秘密没有来得及告诉她，或者是没有合适机会告诉她，又或者是不忍心告诉她。

婚后，他越来越忙，也越来越高频率地推拒她的邀约。

直到那个凌晨时分，他疲倦地推开卧室门时，却在凌晨 4 点看见她一副清醒至极的模样。

"我们离婚吧"，她眼睛红红，但语气坚定。

他原以为自己已经变得足够强大，可以主宰自己的事业和人生。但未料到，所有的相聚和离开，牵手和放手，结婚和离婚，他都是不由自主被牵着走的那一个。

如果对一个人的爱也能收放自如，多好。

离婚协议一签，她转身去了非洲，履行一名医疗志愿者的职责。

行前，她向他告别，他请她吃最后一餐饭。

席间，他问："疫苗有没有注射全？"

她点头。

"什么时候回来？"

"再说吧，也许三年五载。"

他费力地嚼着厚厚的牛排，喉头突然有些哽塞，他掩饰地说："这家味道不错，好吃。"

对面坐着的人泪流满面。

在后来的每一次出差中，他养成了一个习惯。

在路过的每一家面包房、烘焙店的橱窗前，他会停住脚步站上一站。

在橱窗里温暖的灯光映衬下，漂亮的马卡龙色彩鲜艳，式样繁多的面包蛋糕诱人的松软……

他由衷地喜欢那些颜值又高味道又好的西点。

不过，那些味道仅仅来自于他的想象。他是一个没有味觉的人啊。

他不止一次地在心里叹息："如果我能尝出那些味道，多好。"

有两个假设不止一次地掠过他的脑海：如果我能做出这些点心，她会不会喜欢？如果，告诉她我没有味觉，她的心里会不会稍稍好过一点？

可惜，问不出问题，找不回答案。

在每年的各个重要年节，他都会去她家坐坐，看看她的父母，陪老两口随意地唠唠嗑。

做这些事的时候，他就像是她一个相交多年的老朋友。

老人们难免会叹息："多好的两个孩子，怎么就搞成了现在这样。"

他笑笑："也许是有缘无分吧，我们可能更适合做兄妹一点。"

她走后的第三个年头，中秋节，他再次去了她家，看到的是两张悲痛欲绝的老人脸。

中秋节的前一天，她瞒了所有人，悄悄踏上了回程的飞机。飞机在空中遭遇极端恶劣天气，双发故障，迫降失败，机上无一人生还。

她父亲说，前几天，她还打来电话，说远离父母家人的日子，让她想明白了很多事，懂得了宽容和体谅；回国以后，有些人、有些事，可能会选择重新开始，因为当初没有努力过，就轻易放弃。

他发疯似的给航空公司、给医疗队打去电话，除了再次确认消息，终究无法改写命运。

两天后，他辞了职。

半年后，他开了一家面包店，名叫"味暖"。

循着好味道，就能找到这家店，就能找到他——一个没有味觉的面包师。

他做的面包总是那么诱人，因为里面加入了一种特殊的调味料，那是想念的浓烈味道。

所有知道我名字的人啊，你们好不好

少年时，朋友大过天。

但我们从来没有想过用一个缩略的名字去表达亲近。

一群天真无邪的小伙伴，

似乎根本不需要用一个小名或是昵称去刻意拉近彼此距离、

证明亲密关系。直至我们由孩童长成少年，再长成青年。

在同路很长一段时间以后，

我们终于分道扬镳，去往各自人生的下一站。

听，你生长的声音

1

奔四路上，兵荒马乱。

你明明觉得自己还年轻着，没料猝不及防地就被一脚踹进了中年。

那个叫岁月的家伙一定是个严厉又一丝不苟的处女座整形医生，手起刀落，对你身上每一处的改造都不放过。

该平坦的日渐隆起，该端挺的慢慢下垂，和地心引力斗了这么多年，你开始逐渐显露败迹。

你的额头、眼角、唇边、脖颈……细纹丛生沟壑渐起。被风吹日晒追逐这么多年，你的鲜亮还是被风干成褶。

你头顶上的那片森林，生态持续恶化：发际线如潮退般渐行渐远，霜降林间，林木稀疏。被寒来暑往浸染这么多年，你的黑森林被时光渐渐洗白，你宽慰自己说：还好，离不毛之地还远。

一个叫亚健康的破坏分子偷偷摸进你的身体里，于是你的记忆力、睡眠、体能、精气神儿……各处城池频频告急，被大手大脚肆意挥霍这么多年，你的健康银行里早年攒下的那点家底已是存货无几。

十几二十年前，你恶趣味地装天真无邪，为躲避别人拉郎配，声声甜腻的"叔叔阿姨"叫得周围凡四十上下的人恨不能避走他乡，你当笑话给我们讲了很多年。如今，同样的称呼被妥帖地安放在你身上，毫无违和感。

岁月果然是把漂亮的杀猪刀。

2

青葱被拿走，那又如何呢？出来混，迟早是要还的。风景虽不同春日，但秋的绚烂也足以蛊惑人心。

时间很公平，这种安排也并不残酷。

你的热血晾凉了五度。那些反骨统统被收起。你看破很多人很多事并不是非黑即白，还有很多难论是非、难辨真假的中间地带。你不再愿意被人云亦云裹挟着向前走，你渐渐变成了一个理智的温和派，大度地和这个世界握手言和。

你的音高降低了八度。因为你在多次碰壁之后才知道，很多事情只有立场没有对错，调高音量即使取胜亦是遭人背后唾弃的胜之不武，所以你收起满脸杀气认真取悦生活，生怕走火入魔，废了一身功夫。

你的眼神明显亮了三分。对那些围绕在你身边的阴谋阳谋或是暧昧示好，你力图理智判断，尽可能保持一个合适的距离，因为你心里清楚那些所图，你早已不再天真地以为你放不下的一切也会同样放不下你。有些错，你知道，自己根本犯不起。

你的任性也收敛了几分。你知道，不是有几个钱有几两权就可以在同学会上风光无限；你也知道，病是你最生不起养不起的奢侈品，一个放纵或是懈怠就有可能掉下万丈深渊。你很少赢过别人，但是这一次你超越了自己。

你渐渐老去，总觉得那些走在年轻路上的人对你充满怜悯，你怀揣智商优越感，对青春当红炸子鸡们嗤之以鼻：所有的中年人，都曾经是青春期的叛逆小孩，你们现在有的，我们早已尝过鲜。这话，与其说是反击，倒不如看作自卫。

还好，拧开电台，李宗盛、罗大佑、许巍、郑钧、朴树还在，那些喜欢听的歌也还好好地活着。

还好，新歌里，你也能找到自己爱的那一款。

> 不想再和谁争辩什么了
> 骂的我都认了
> 也是该跟人生和好了
> 都已经几岁了
> 所有渴望追求想要的
> 看起来都有了
> 而那些曾经很过不去的
> 不也都过去了

我们是在哪个瞬间老去的

1

一次，多年未见的一帮朋友组织聚会，喝得烂醉。第二天，手机上收到聚会照片，和王先生一起认真端详，逐一点评兼带感慨，"看老 K，变得多老！""小 M 也满脸挂满年轮了好吗？""就大 S 年轻，还是美图秀秀的功劳。"

我困惑地问王先生："咱们在别人眼里不会也这么老吧？"

王先生答得痛快："怎么会，你一向比别人显小。"就爱这种说瞎话面不改色心不跳的人，关键话还受用，于是老怀大慰。

女儿凑过来一起看，问："都是你们同龄人吗？够老！"

我正在沾沾自喜，不谦虚地问："还是妈妈显年轻吧？"

女儿回身上上下下打量我好几轮，认真补刀说："省省吧，你比他们更老。"

那一刻，手在发颤。抓住女儿胳膊问："此话当真？"

"当真。"

顿时，心在滴血。

2

楼下的邻居老两口，目测年长我们大概十来岁的样子。这个年龄差距让我们双方都很是尴尬，称呼大哥大姐好像有点滑稽，称呼叔叔阿姨又觉得把人家生生叫老了十岁。

于是，平时在楼道里遇见，总是哼哼哈哈地打个招呼就赶紧逃开，或者卑劣地把难题甩给年幼的女儿："童童，你倒是叫人哪。"女儿也不知道如何称呼才好，只得爷爷奶奶、叔叔阿姨乱叫一气蒙混过关。

某天，老两口抱着刚一个多月大的小孙女在楼下遛弯。看见小孩白白净净乖巧可爱，我贱兮兮地凑过去逗弄小孩，兼带恭喜老两口升级做爷爷奶奶。

孩子奶奶大力挥舞着孙女胖乎乎的小手表示欢迎，叫着孩子的小名说："你看，漂亮奶奶来看你来了……"这句话piapia地打在了我还自认为年轻的脸上，形如一个可怖的大杀器。

趁着一脸笑意还未冻僵之前，赶紧掩面逃窜。

3

王先生学生时代酷爱踢球。大学毕业刚工作时，正值单位招兵买马筹建足球队，王先生居然穿上10号球衣戴上袖标做了队长，一副春风得意的样子。

王先生其实只有一招鲜，全仗了接球后一脚迅速传球的功夫，表面看上去煞有其事，实则脚下技术十分一般。但因为中场接球后迅速转移，省略了带球突破这些耗费体力的招式，因此，体力节省下来，跑满全场也问题不大。

足球队在巅峰时期曾经和体育明星足球队有过一战。那是一支以国家手球队为主要班底，有李永波、李小双等名将参与的球队。虽是业余对业余，但人家毕竟是专业运动员出身，单平均身高就超越王先生他们一头。上半场倒还可以勉力支撑，待到下半场，体力立分高下，场上顿时变成了屠宰场。记得当时一众人等累极，王先生跑向我这个唯一的啦啦队员，气喘如牛地问："还有多久？"我抬手看表，离终场还有五分钟。

没过两年，球队不声不响解散，再难有机会正经八百地踢球。

再过几年，王先生伙同一帮大学同学去朝阳公园踢球，激战正酣，这位仁兄叉着腰一副痛苦状跑到我面前："还有多久中场休息？"兄弟，开场才不过十来分钟而已，好丢脸。

掐指一算，距离王先生上次踢球至少已有五年。想来，如果再踢，顶着肚子上的一口大锅和一身肥膘，跑过五分钟都难。

4

村上春树说："我一直以为人是慢慢变老的，其实不是，人是一瞬间变老的。"

究竟是哪个瞬间让我们变老的？我百思不得其解。

十年前，我开始想这个问题，我想，总有办法记录下时光的痕迹吧。于是曾经信誓旦旦要每天给自己拍张照片，同一时刻，同一地点。可惜坚持了没几天，就无疾而终了……

我一向有种不折不扣的破罐子破摔精神，既然说我老了，那就老给你们看！

于是我开始跑步，5公里，10公里……强健强健老胳膊老腿儿，据说，耐得下性子吭哧吭哧跑上几个小时的，还是以岁数大的人居多，那又如何。

于是我拈花惹草养鱼，过上了你们眼中的老年退休生活，那又如何。

于是我重拾写作，据说喜欢上回忆是变老的标志之一，那又如何。

那个赖在青春里不走的人，是我。

所有知道我的名字的人啊，你们好不好

一次朋友聚会，不知怎么，我的几个不同阶段、相互间并不熟悉的朋友鬼使神差地凑到了一起。见面寒暄时，好玩的一幕出现了——有人叫我"曾曾"、有人叫我"祥碧姐"、有人叫我"剧不终"——一通混乱过后，大家方才切换到同一个对话频率上，照顾新朋友，用了"剧不终"这个名字作为通关秘籍。

在网上写东西用笔名是一回事，被人当面嘴里叫着又是另外一番感觉。第一次听见有人叫"剧不终"，老实说，我极度不适应，头皮发麻脸部发烫，胳膊上瞬间浮起一层细密的鸡皮疙瘩，十足的过敏反应。待扭捏了好一阵之后，方才勉强接受了这个名字和我的关联。

又多了一个名字。

算起来，从小到大，经由别人嘴里叫出来的我的名字，还真是不少了。

1

小时候，爸妈没有正式给我起过什么小名，我在家里行二，

家里人都管我叫"二妹"。慢慢的，周围邻居，不论年龄大小辈分高低，也都叫我"二妹"。再到后来，"二妹"俨然成了我的名字，比我更小的孩子，会追着我叫——"二妹姐姐"。大人们逗趣地问：到底是妹妹还是姐姐呢？小小孩一扬脖颈不明所以地答：又是妹妹又是姐姐。

怎一个乱字了得。

做"二妹"的日子恰是我上学前最快乐的童年。

追在哥哥屁股后面，漫山遍野地疯跑，割下一根长长的苇子叶，把一只蜻蜓拴在叶梢，用手举过头顶绕圈圈，嘴里重复着单调的音节"嘚啷嘚啷嘚啷……"，用不了三五分钟，自然就有别的蜻蜓过来自投罗网。

和小朋友的玩法也不断花样翻新，弹弹珠、滋水枪、滚铁环、翻烟壳、跳房子、猴皮筋、吹将兵、过家家、藏猫猫、扔皮球、跳沙堆、斗鸡。这些统统玩腻了之后，我们的眼睛瞄向了粗粗细细的天然气管道，在粗的管道上走钢丝，在细的管子上翻单杠；或者找个几米高的高台，像企鹅一样排着队从上面跳下来……小时候，也不知道哪来的那么大胆量，后来年岁越长，胆子变得越来越小。

一次，我怂恿一个同龄小男孩和我一起翻单杠。谁知道没翻两下，他就从单杠上摔了下来，鼻子血流如注。我用了爸妈教我的一切方法帮他止血，却怎么止也止不住。那一刻才懂得害怕，战战兢兢地问仰头向天的小男孩：你不会把血流光吧？紧跟着脱口而出的一句话是：别告诉你妈是我带你来玩的。直到得到他的一再保证，方才把悬吊着的一颗心放下来，陪他回到家，和他父母完成交接后，一溜烟就跑了。第二天躲躲闪闪地向我爸妈打听，听说他没事了，这才终结了那点对小小孩童负罪感的煎熬。

2

我上学是在父母所在的三线兵工厂的子弟学校，那是个小学初中高中大一统的学校，再加上厂里的托儿所、幼儿园，同学里多的是从光屁股时候一起长大的小伙伴。

小学开学的第一天，一张严肃脸的班主任老师就提了要求：以后你们都是学生了，同学之间，必须称呼大名，别把你们那些小名带进学校里来。

就这样，一朝之间，那些正经八百的大名，第一次从户口本上走下来，变成了我们作为一个正式学生的代号。哪怕最好的朋友之间，也是连名带姓地叫着，习惯之后，也丝毫没有生疏感。

高二时，我转学去了外地一所学校，住校。尽管离家只有三十公里的距离，但青春期的孤独感来袭的时候，铺天盖地，越是人多，越是孤单，越是热闹，越是寂寞。十五岁的少年隔山隔水地想家、想那些从小一起厮混的发小朋友们。

朋友们写来的每一封信，我都要一遍一遍地看，翻来覆去地咀嚼信纸上的每一个字，就连抬头上很是生硬的连名带姓三个字，也舍不得略过。

经历漫长等待后的第一次回家，长途汽车在通往厂区的三岔路口停下，我迫不及待地从车上跳下来。有人大声喊着我的名字，连名带姓。一扭脸，路边有七八个少年倚着几辆老式的二八自行车，很拉风地站着，垂在胸前的军挎一前一后地晃荡，像在脖子上荡秋千，嘴角笑得咧到了腮帮子两边，露出来的满口白牙晃得我开心得都要蹦起来了……我跳到了一辆车的后座上，前面骑车的少年弓起身子加紧蹬上两脚，我们呼喝着冲向那条公路的远方，好像征途真的是星辰大海。

少年时，朋友大过天。但我们从来没有想过用一个缩略的名字去表达亲近。一群青梅竹马的小伙伴，似乎根本不需要用一个小名或是昵称去刻意拉近彼此距离、证明亲密关系。

直至我们由孩童长成少年，再长成青年。

在同路很长一段时间以后，我们终于分道扬镳，去往各自人生的下一站。

3

上了大学，自由度提升，画风突变。我已经不记得从什么时候开始，我们变成了一水儿的"阿"字辈中人，我是阿碧，同屋的女孩有阿斐，阿芝……亲切感一旦建立，再难割舍，再叫大名，就有诸多不习惯。

我们这些阿字辈的人，在宿舍、阶梯教室、实验室、食堂、操场、图书馆里；在《睡在我上铺的兄弟》《流浪歌手的情人》《恋恋风尘》《海阔天空》《淡水河边的烟火》《麻花辫子》里；在酸菜鱼、拍黄瓜、炒田螺、花毛一体的拼盘里；在孔府家、京酒、牛栏山小二、燕京普啤，还有冰凉沁人的扎啤酒杯里；在单身、恋爱、失恋，还有各式选择综合征里；在挂科、补考、通过、奖学金里；在考研、保送、留校、留京、南下、北上的纠结里，仓皇度过四年。

大学毕业的留言册上，一页页堆满不舍、祝福和惆怅；宿舍房间如遭洗劫般，一片狼藉；大酒喝了一顿又一顿，但我们终究还是改变不了命运奔涌的方向……相聚和分别，开始和结束，都是宿命。

再多不舍也只能转身，迎向不可预知的未来。

阿碧、阿斐、阿芝这些名字，也就封存在了象牙塔里，永远。

4

刚上班时，面对年龄在三十岁往上数的人，一度尴尬地不知该怎么称呼，有职位的称呼职位，没有职位的一律含含糊糊地叫"师傅"。哥、姐二字是断然张不开嘴叫的，总觉得有套近乎之嫌。

相比于我的纠结，同事们，无论老的少的，对我的称呼倒是简单自如，"小曾"这个称谓准确地概括了我的年龄和资历，时刻提醒我职场中人的身份。这个名字一直伴随了我八年，从国企到了事业单位，直至我跨进三十岁的门槛。

三十岁是一条泾渭分明的分界线。没有越过之前，仗着年轻，可以撒娇，可以任性，可以懒惰，可以犯错，可以情绪化，可以挑挑拣拣，可以不断地切换人生方向。三十岁逼近的时候，惶恐和危机感会突然附体，尤其是简历上的年龄，路灯下孤单的影子，居无定所的生活，这些，都在逼使你收敛起所有的懒散不羁，再也不敢轻慢于生活。

我是在三十岁时选择了一切清零，投身了当时还算年轻的公关行业，为自己选择了一份充满挑战的高强度工作。

平均年龄大概只有二十六、七岁的公关公司同事，怎么也不可能把"小曾"的称谓继续下去吧？人民群众智慧多，我的名字又进化为了"曾曾"。

再后来，随着职位、年龄、经验资历的提升，名字也在不断推陈出新——祥碧、碧姐、祥碧姐、曾哥。只有一起共过甘苦的兄弟姐妹，才能在普普通通的一声招呼里，品出别样的亲切感来。

那些年，和这么称呼过我的那些人，我们一起，无数次地走过北京凌晨四点的街道，又安然度过了很多个濒临失败的险境，也在日复一日的高压工作下倦怠，一起在项目 Ending 那一刻成就感爆棚过，更用庆功酒把自己和对方成功地灌醉过……这不是苦情戏，事过境迁，那些场景统统被封存进回忆里，变成美丽的相片。我们相扶相依着，也就走完了十年。

人生没有不散的筵席。鞠一躬，再次告别。

5

注册微信公众号，想到的所有名字，包括谐音，都被提示有重名，词穷。一气之下，不负责任地给公众号起了个牵强的名字——"剧不终"。

没成想，它如此顺理成章地变成了我的第 N 个名字。

早知如此，当初起名的时候就该更认真一点。

不过，聊以慰藉的是，听说有不少人，喜欢它的那点小特别。

我曾在后台好奇地看过读者们的 ID，很多名字看上去就像是一本意味深长的书，让人忍不住想翻看名字背后或甜蜜或忧伤的故事：

比如——诚实的谎话精、恬静的莉莉安、流浪者、卡夫卡、孙行者、杜冷丁、拔兔子的胡萝卜、霸道小姐、她的猫、没有名字……

比如——我已经不记得我是谁、别叫我爱哭鬼、路过向阳花地、只要一小撮、我非你杯中茶、因为童话里没有我、哆啦没有 A 梦、别来无恙、不忘初心、以梦为马、一如既往、渐行渐远、随遇而安、安之若素、余生请多指教……

仔细看看这些排排坐的名字，大概就能想象出一个个精彩的故事。

6

一个名字，一段人生，一群同路的人。

每段人生，我饰演的都是不同的角色：二妹、阿碧、曾曾、祥碧、祥碧姐、曾哥、剧不终。

名字越来越坚硬，如同我们随着年龄逐渐坚硬的内心。

一个特定的名字，只属于一群特定的同路人。

就像一句隐秘的江湖切口，或是接头暗号，即使隔着山高水长的距离，对方拱手抱拳，一声"阿碧"，也叫人眼前一亮——组织终于派人来了。

我们在不同的时间地点相遇，或者仅仅只是路过，并肩走完一程，然后分开，继续彼此的生活和人生。

偶尔，我们在远处张望，关切彼此的现在和未来。

那些从我生命里路过的人，你们好不好？

所有知道我的名字的人啊，你们好不好？

就算逆光，也要看见美好

1

自从开始提笔写作以来，耳边一直不乏加油的声音，鼓励我在每个没有灵感，想要懈怠或是放弃的时刻继续下去。

于对方来说，"加油"二字可能只是轻松说说而已；但对我而言，却真真切切地帮我一点点积攒起坚持下去的勇气。

所以，我常常对着手机傻笑，屏幕上或许只有几句简单的对话，最后落到一个简单的词汇上，"加油"。

越来越多的转载，越来越多的转发，越来越多的留言，越来越多的催更……在有点孤独的坚持后面，因为有了更多人的期许而备感温暖。这些来自陌生人的善意，带给我的快乐远比写出一篇十多万字的文稿要多得多。

看多了揭露于网络报章上的丑恶凶险，也经历了身边周遭的人情冷暖，我们已经习惯于给自己穿上铠甲，打起十二分精神去应对世界的险恶。

然而，被放大的险恶并非我们身处之地的全貌，也并非占据我们生活的主流。那些散落在平凡生活里，细碎、微不足道、不被人关注和追逐的美好光芒，也许让人收获到的只是些微的惊喜、感动、快乐、幸福，但恰恰是这些，才是我们生活原本该有的模样。

感知到这些美好光芒的存在，进而真切地收获幸福感和快乐感，这是一种能力，越来越稀缺的能力。愿你，拥有看到这个世界美好的能力。

2

很多时候，在我们把自己武装成铜墙铁壁，警惕地审视周围的时候，世界却带着满满的诚意而来，还我们以温柔。

去年，我的一位好同事、好朋友、好妹妹，在罹患白血病四年后，生命终于走向终结。

幸运的是，这个一直善良乐观坚强有爱的姑娘，在她生命的最后时日里，得到了一群医生护士的日夜精心护理，有尊严地活着，有尊严地离去。

陪伴她向死而生的这一路，我所感受到的，是循环流动着的暖暖的正能量。对，就是这个被用滥的词汇——正能量。

有些不起眼的小细节给我留下了很深的印象。

一次，我去医院探视，正要推门而入，看见病房的门上贴了一张手写的字条，原文我已记不清，大意是：请各位医护人员务必注意，一切要轻！轻轻地开门关门；轻轻地问诊操作；如遇病人已经睡着，不要打扰，轻轻地退出来，等病人醒后再过去……那段时间，正值科室里新来了十几个年轻的实习医生，因为担心他们频繁进出问诊打扰到危重病人的休息，所以科室主任特意让人写了字条张贴于门上作为对他们的提醒。那份细致用心，让我觉得很暖。

另一次探视时，我推门进去，恰巧看见一位名叫果果的年轻护士正在给半靠在病床上的姑娘梳头，动作很轻很温柔。头发整齐地拢于脑后，扎成了一个小小的马尾辫，本来在病床上委顿着的姑娘顿时显得精神了许多。果果亲热地叫着姑娘的小名，笑意盈盈地和她闲话家常，从家长里短聊到兴趣爱好，末了，还揽过姑娘的肩头说：大哲哲，乖乖吃药，回头奖励你吃糖。

姑娘的病情到了危重阶段，口腔溃烂、咽喉肿痛、呼吸和吞咽都很困难，医院用了各种治疗手段都收效甚微。姑娘的家人很是焦急，想寻些最普通的甘草片来试试，结果就是这普通的一味药，偏偏医院药房没有备，周围药店也都没得卖。正在沮丧之际，隔天，病房里收到一件匿名快递，打开来，里面是两瓶小小的甘草片，想是哪位知情的医生护士不声不响地把自己家中的存药递了出来。药不起眼，但那份超越医患关系的关怀却让人感怀。

夜半时分，姑娘疼痛难忍，虽注射了杜冷丁却仍不能入眠，呼叫铃叫来了当班的女医生。姑娘倾诉心起，向女医生讲述自己患病四年来一波三折的种种经历。这期间，女医生始终做着一个耐心的听众，一刻也不曾打断过这漫长一夜的讲述。相较于白天，夜晚的疼痛来得更是深重，而夜深人静时的倾听和陪伴，更加让人温暖。

医生护士们尽了最大努力，用精湛的医术，无微不至的照料，耐心的倾听，智慧的开解，善解人意的细节安排，给了这位好妹妹在最后时刻以最好的生命质量。那些无欲无求、微不足道的举动，温暖了我们一整个夏天。

姑娘来自于一个普通得不能再普通的工薪家庭，懂得感恩的她，即使在最痛苦的时候，也一遍遍地催促父母去超市买来消暑食品给医护办公室送去，一遍遍对医生护士说着感谢和抱歉的话。

察觉到姑娘想要感恩的心愿后，我们原来公司的董事长，把自己关在办公室里一个多小时，字斟句酌地写下了一封给医护人员的感谢信，光书写、打印出来的，就有四五个版本之多。

在姑娘离世后，我们多次专程去医院拜访科室主任，一遍遍地表达谢意，一遍遍地回忆那些让我们感动得泪流满面的场景。

在科室主任提起姑娘满是遗憾，红了眼圈的时刻；在她异常坚决地拒绝了我们的答谢礼的时刻；在她说从姑娘身上汲取了很多正能量，很多医护人员为之感动的时刻；在她说科室开会讨论，放下不被理解的委屈，重新找回这一神圣职业的使命感和光荣感的时刻……我们看到的，感受到的，全都是这个世界的好！

我们有时贪心，总想得到的能比付出的多一点点。

我们有时像在交易，付出真心之前，总想先一步看到并确认对方的真情意。

我们有时愚蠢，别人对你所有的好都认为是另有所图，或是理所当然，全然不知感恩。

我们有时悲观，目光所及，都是满满的负能量所在。

我们有时抱怨，除了苛责他人愤世嫉俗怀疑人生，从没想过自己做得怎样，也从没想过先从自己开始，去改变。

其实，是你有多好，才决定了这个世界有多好。

别忘了，让自己变得更好。也别忘了，世界待你有多好。

生命无多，即使逆着光，也要看见身边的美好。

舞会逃兵

别告诉我，不会跳舞的就我一个。

也别告诉我，会从舞会上落荒而逃的就我一个。

1

初进大学，恐惧于一件事，扫舞盲。在当年，这是风行于各大高校间的一句响当当的口号。

说起来，学校和系里也是煞费苦心，把个扫舞盲运动搞得轰轰烈烈，360度无死角。也是凭借这一点，让我强烈地感受到了大学和中学的不同。

每逢大一新生入学，团委、学生会轮番上阵，开办一轮又一轮的交谊舞培训班。取得的成果是——舞盲越来越少，越来越少……很不幸，我就是那条无药可救的漏网之鱼。

说没对跳舞动过心是假的。

和中学时的沉闷、禁锢相比，大学里处处洋溢着青春、自由和热情，荷尔蒙像春天的杨絮一样四处飘荡。五花八门的学生社团、学校里和学校周边的舞会、各处阶梯教室的录像、学生活动中心的卡拉OK、牵手依偎的青年男女……它们都在告诉我，这些，才是大学生活该有的精彩。谁不想去拥抱那些精彩？

我鼓足勇气参加了两次交谊舞培训。每当音乐响起，左手搭上陌生舞伴的肩头，右手交到他的左手心，我的紧张情绪会立刻遍布全身，每块肌肉都在僵直着，连眼神也被冻结在看向脚的方向，跟随音乐机械地做着广播体操，自己都能感觉到舞姿的可笑。

尽管小心翼翼，但舞伴的皮鞋仍旧无端端遭受多次踩踏的厄运。说起来，我全然不记得那位舞伴姓甚名谁长啥模样，真是抱歉至极。

不是没有过努力，但最终还是败给了自己。

2

经不住两个好友一再撺掇，我战战兢兢地和她们一起去了学校体育馆参加舞会。

舞会还没开始，里面已经聚集了好几百号人。平常一到夜里就灯火通明的体育馆，一盏大灯也没有亮，只留一个不停旋转的镭射灯，把个舞场装扮得暗沉迷离，每个人的身上脸上都像一个乱七八糟的颜料盘。

靠墙摆放的一排长椅上坐满了安静的女生，在这样的氛围里面，平时女生们的叽叽喳喳早已不见，举手投足都很淑女，就连笑容也变得矜持。

本校和外校的男生三三两两地站在空场周围，一双眼睛可一点没闲着，像探照灯一样在周围女生的脸上扫过，搜寻并锁定自己的猎物。

音乐响起，男生们径直向长椅上的女生走来，两个好朋友大大方方接受邀请，滑入舞池。

我的面前也站了一位男生。他在微笑，我在紧张。他做了一个邀请的手势，慌乱之下，我脱口而出："对不起，我不会跳舞。"

被驳了面子的男生以为我在找借口推脱，很是不悦："不会跳舞你来这里干吗？不想跳就直说。"

"不好意思，真的不会，我就陪同屋来看看。"

道过歉后，我快步走出体育馆，当了舞会逃兵。

夜色已深，天上月朗星稀，月亮周围，还依稀能看见一点渐渐暗沉下去的蓝色。我深深地吸了一口气，还是外面的空气新鲜。每个人都在安全距离以外。

我对自己如此没有天赋如此怯场感到沮丧。

3

高中时的好朋友，在上大学的第一年里，就拿了学校交谊舞比赛的冠军。我一直好奇，平时沉默寡言，连朋友都很少的一个男孩，怎么上了大学后就判若两人。活跃在社团活动和社交场合里的他，让我感觉陌生。

我不知道拥有这种超强改造能力的，究竟是大学还是交谊舞。我好奇地想要去尝试，去了解，甚至幻想过命运的另一种可能：旋转的舞步成为两人共有的爱好，我们一起牵手走向未来。

然而，结果却令人沮丧。年少时候，看多了爱情小说的我固执地以为，爱情该有的样子，应该是在每一个分别的日子里，都专一孤独地活在对对方的想念里。然而并没有。我们在不同的城市，不同的校园里，各自精彩。我们慢慢看清楚，心动只是一时一刻的感受，我们并非是能陪对方走完一生的合适人选。

此后，我们渐行渐远，在各自的轨道上往前走着，除了偶尔的想起，平淡的节日问候，人生再无交集。

从此，我像是患上了一种奇怪的病，这病大概叫作"恐舞症"。我再没有试图改造自己成为一位交谊舞高手的笨拙举动；也再没有在任何一个交谊舞会上出没过。

只有旁观者的身份才能让我坦然。坦然地欣赏别人的曼妙舞姿，坦然地看着身边一段段恋情从舞场上升起，又落下。

4

工作后的头些年，交谊舞的热潮还在年龄大一些的人群中延续。女同事们中午吃饭时，神神秘秘地议论我们相熟的一对夫妻同事：他们各有各的长期舞伴，也各有各常去的舞厅，心照不宣地玩着各自的暧昧……我瞪大眼睛听着："怎么能这样！"对我所惊讶的，她们表示司空见惯，大可不必大惊小怪。

后来，我陆陆续续参加过一些商务宴请。在大大的宴会包间里，或是宴会结束后移师去的KTV包房里，饭罢后的人们总是意犹未尽，接着喝酒、唱歌、诵诗、跳舞的都有。

每逢音乐响起，男士们彬彬有礼地伸手邀请的时候，我都要强抑住落荒而逃的冲动，脸上挂着笑对别人说："抱歉，我不会跳舞，学了很久，但无奈这方面天生残疾，就不让大家见笑了。"

经过这么多年，在这种场合下，我唯一熟稔的，就是如何拒绝别人的邀舞。

5

可是，人生总有些身不由己的时刻。

在前一家公司就职时，连续两年的公司年会，都是由高管团队跳开场舞蹈。我就这么悲催地被赶鸭子上架，躲无可躲，避无可避。好在，和我一起硬着头皮站在台上的，大多是在这方面少有天赋的人，唯有抱团取暖。

公司里有一间铺着木地板、有一整面墙镜子的健身房，被我们征用为练舞室，行政部的同事还专门为我们请来了舞蹈老师，饶是如此，一段三分钟的舞蹈学起来也让我们备感吃力。

年会那天，场上，是最暗最闪烁迷离的灯光和震耳欲聋的音乐；台下，是口哨声、尖叫声、哄笑声、鼓掌声；我们以最笨拙的舞姿嗨翻全场。

一群"舞蹈残障人士"以行动奉上了两碗上好的鸡汤：不逼一逼自己，永远不知道身体里藏有什么可能性；和完美比起来，参与和完成更加可贵。

没过多久，我去了一次锡林郭勒草原。

在草原深处，蜿蜒着一条公路，我们驱车在上面跑了很久。路两侧的绿色一路绵延，与蓝天交会在遥远的天尽头，配着从汽车音响里跑出来的悠扬的马头琴声，还有高亢悠远的蒙古长调，让人心旷神怡。

草原上的人似乎天生能歌善舞，无论男女老幼，概莫能外；草原上的人似乎被无边无际的天幕和草场开阔了心胸，热情豪爽，豁达大方，全然不似我这般的拘谨扭捏。

围坐桌前时，他们轮流着起身，大大方方敬酒，轻轻松松放歌；轮到我时，大家起哄让我来一首四川民歌，我脑子里一片空白，慌乱地摆手，怎么也张不开嘴，只能抱歉地以酒谢罪。

入夜，度假村的后院里燃起了篝火。风把火势催得越来越旺，架得高高的木柴被烧得哔哔啵啵作响。

欢快的音乐声响起，越来越多的住店客人加入围着篝火转圈跳舞的行列，我也被女儿拖了进去。篝火映红了每个人的脸，又把每个人的身体炙烤得暖暖的，血液和热情，还有胆量都在随之升温。

在夜色的掩映下，一群相互陌生的人，放下拘谨，不讲章法地胡乱舞着，有时是后一个人搭着前一个人的肩，有时是相邻的两个人牵起手来。

　　快乐是一种传染病，所有人都开怀地笑着。我也在夜色里找回了勇气，放松肌肉和神经，第一次切身感受到随意舞动的快乐。

　　对于我这样的"舞盲"来说，跳舞就该是一群人的狂欢。解开束缚在身上的镣铐，原来，不会跳舞的人也会从中收获快乐。

通宵书店

1

午夜零点一过，一刻钟前还热闹着的书店，不知不觉就冷清了下来，就像刚刚散场的舞会，人们三三两两地离开，空留两层满当当的书架，亮如白昼的灯火，和寥若晨星的十来个人。

午夜场结束，通宵场刚刚开始。不断有人起身离开，也不断有人推门进来。

书店一层，临窗的第一张蓝色桌子前，坐着一个六七岁的小女孩，女孩穿着蓝色小碎花的棉布裙子，头发高高扎成一个简单的马尾辫，两只光洁的小腿在桌子下面轻快地荡来荡去。

多数时候，她低头看着面前的绘本，偶尔也抬头，好奇地张望四周，再把眼睛贴向宽大的落地玻璃窗，努力搜寻淹没在暗夜里的窗外世界。

一个中年妇女快步走进来，俯身亲了亲小女孩的面颊和额头。书店里很静，把母女俩的低语声送进了周围人的耳朵：

"乖，再多看一会，妈妈就在窗户外面等你。"

"可是我想你在里面陪我，就坐我对面。"

"妈妈白天卖菜累了，明天一大早还要进货，我在外面歇歇，外面空气好。"

"你就在这里坐着歇歇不好吗？"

"里面是叫人看书学习的地方，不兴让人睡觉的。"

"那咱们回家吧，你好好睡一觉。"

"睡觉什么时候不能睡？你出息要紧，喜欢就好好看吧，妈妈在外面陪着你。"

中年妇女捏了捏小女孩的手，旋即推门走了出去。隔着玻璃窗望出去，她就坐在门口一侧的台阶上，身体侧向小女孩的方向，像一尊生在台阶上的沉默雕像。

夜里一点多，小女孩坐的那张蓝色桌子空了出来，一张新面孔欣喜地坐了过去。

不多会儿，一个背包的年迈男人推门进来，径直走向书店深处的一张小书桌。一个二十来岁的年轻女孩起身，帮着男人卸下装得鼓鼓的背包：

"爸，你今天晚了。"

"今天交接班的人来晚了。"

"洗漱的东西带上没？还有吃的喝的。"

"都在纸上记着哪，没忘。"

半小时后，父女俩，一个趴在桌上，一个仰面靠在椅背上，各自沉沉睡去。桌上乱七八糟地摊放着几本书，最上面的一本是梁鸿的《中国在梁庄》。

2

　　夜越来越深，陆续有人走，也有人来。

　　深夜的书店和白天的全然不是同一副模样。新来的人，无论衣着、举止、长相，都和白天文质彬彬的眼镜客、文艺老中青们大有不同。他们大多留着小平头，穿着大裤衩，脚下拖鞋踢踏作响，身材魁梧结实，脸上沟壑纵横，模样忠厚，行为举止随意。

　　他们的身份似乎并不难猜，多半是刚从附近的餐馆、工地下工的人，也或者是还没有被这座城市接纳的人。他们在各个书架间来回逡巡，如获至宝地捧上一本书，随意找个角落就滑坐到地下。

　　书是劳累一天的人们在深夜里的精神慰藉，也是催眠良品，不信你看，用不了多久，捧着书的双手垂到了膝盖上，脑袋抵在书架上，灌了铅的眼皮已经合上。

　　对于祖祖辈辈生活在社会底层的人们来说，改变命运的一簇微光，就藏在书页间。也正是那点希望，激励他们放弃工棚里的枕头和平躺下来的舒展，甘愿把身体蜷缩在书店的某个角落，疲倦地抱着希望，狼狈地睡去。

　　忠于职守的书店保安大概每隔半个小时就在店里巡逻一回。他左右手的食指随时弯曲着，一路巡视过去，威严地敲敲桌子，敲敲书架，惊醒睡着的人。

　　这是他的职责，提醒人们，书店是看书买书的地方所在，不是安放睡眠的旅店。

这也意味着，在书店睡觉的人们，一场觉最多以半小时为计，被叫醒，然后再度睡去，周而复始，直至天明，或是睡意过去。

这样一个通宵书店，容留了多少深夜无处安放的灵魂？

3

夜里两三点，浓浓的倦意袭来。走上书店的二楼，是另一处通宵场所，一家24小时营业的雕刻时光咖啡馆。书店和咖啡馆，一个负责解决精神的饥渴，一个负责熄灭肠胃的抗议，就像相伴相生、抱团取暖的两个人，孤独地守望着深夜的北京。

深夜的咖啡馆，依然座无虚席，但模样已经变得不堪。但凡稍微舒服一点的软座上，睡姿百态，无论男女老少，都没了白天时的风雅和仪态。走廊尽头的洗手间，门虽然关着，但味道却毫不客气地飘散出来，整层空间里，飘荡着咖啡、氨水、二氧化碳混合的污浊空气味道。

和楼下书店不同的是，咖啡馆的灯光调得很暗。小桌上，一块块亮着的电脑屏幕很显眼，顺着这点点亮光看过去，就会看到一张张清醒如白天的脸，支持他们熬过大半夜还如此精神的，大概是那些又年轻又绚丽的梦想吧。

有些梦，被一支支笔留在了雕刻时光的留言本上：

"好想实现几个愿望啊！第一次国外旅行；明年四月份辞职；挣够自己需要的钱；学自己想学的东西。"

"某某，有个恋爱想跟你谈一下……命运大概会让该相遇的人百转千回后也能相见吧。"

"2016，三十向上，先过成最好的自己；然后，等你。"

4

凌晨四点，隔了一张桌子的一个一直在安静看书的中年男人，突然开始撕心裂肺地咳嗽。他身体里的某个开关似乎坏掉了，身体深处所有脏器的力量顷刻间自喉咙口奔涌而出，咳嗽一声重过一声，丝毫没有消停的迹象。睡着的人被惊醒，醒着的人莫不胆战心惊。

那是一种真真切切地掏心挖肝、发自肺腑的咳嗽，没有人知道这种惊心动魄的咳嗽背后，是否意味着生命和健康已经所剩无己，但大家纷纷趋利避害地选择起身走开。每个人的眼神，在望向那个佝偻在桌前拼命咳嗽的男人时，都充满探究和悲悯。

书店附近的医院不少，随便掰指头数数，就有北京协和医院、北京公安医院、东直门中医院、北京中医医院、北海医院。这个时间，医院和住在医院里的大多数人还睡着；而疾病，24 小时不眠不休地醒着。这个无法入睡，或是不甘入睡的男人，深夜逗留在此间书店，大概是以夜读来抵御并不顺遂的人生寒凉。

5

凌晨五点，天光大亮，越来越多的人推门走进书店，精神矍铄的老爷子，自带塑料小板凳的老太太，长头发戴眼镜的年轻姑娘，背着双肩包戴着耳机的小伙子，身穿职业装辨不清年龄的白领……那些穿着大裤衩、趿拉着拖鞋的人，不知何时就凭空消失不见了。

书店褪下夜晚的颜色，掩去那些只在深夜出没的身影，重又恢复生机，变回那个精神栖息地该有的文艺模样。

收银机的声音再度频频响起，而刚刚过去的那五个多小时，劳动它的次数不超过十次。

"每天都这样？夜里书店能挣到钱吗？"我好奇地打听。

"每天都差不多这样，挣不挣钱我就不知道了。"保安大哥这么回答我。

两年前，这家三联24小时书店创建之际，赢得读书人一片叫好声。一家书店，一群同好，一杯茶，一盏灯，一本书，一室安静，一夜醉心……深夜读书的味道，光是想想就让人心潮澎湃。

然而，喧嚣一时之后，一切归于平静。真正在深夜里走进它的，却是另外一群人，一群怀揣希望但少有消费能力的人。

无利可图但依然咬牙坚持的通宵书店，大概只能从国家总理给三联的一封信里去找答案了：

"读书不仅事关个人修为，国民的整体阅读水准，也会持久影响到整个社会的道德水平。希望你们把24小时不打烊书店打造成为城市的精神地标，让不眠灯光陪护守夜读者潜心前行，引领手不释卷蔚然成风，让更多的人从知识中汲取力量。"

6

地下一层的留言墙上，层层叠叠，贴满了好几层五颜六色的便签纸。在一张白色纸条上，署名罗一亭的人写道：

> 大学最后一夜，
> 北京最后一页。
> 原以为不会留恋，
> 但却开始，一直想念。

走出书店，月亮还高悬在天际，太阳还隐没在城市边缘，书店外的橱窗里，一张墨绿底色的海报上写着：

> 读·一夜
> 当城市进入午夜，书店就是灯火。

在书店的白天，读一本本的书。
在书店的夜晚，读一个个有故事的人。

逆着人潮的方向，寻找一片安静的海

那是一次很平常又很特别的旅行。

特别之处在于它是临时起意的产物，并且被安排在了春节。在别人阖家团圆的日子里，我们一家像候鸟一样，从零下十几摄氏度的北京南迁到了零上二十八九摄氏度的三亚过节。

我们租住在一处临海公寓里的二十八层。房子是两室一厅，客厅与开放式厨房浑然一体。我们采买了一整套做饭家什，计划把这次旅行变为一次居家生活旅行。

两间卧室的一间给了公婆住，另一间20平方米左右的大卧室任由我们仨撒欢。卧室和客厅共用一个长七八米的狭长阳台。阳台上的一架竹躺椅少有空闲的时候，我们轮流在上面放懒，随时躺上去就可以来上一个十分钟的放空小觉。

从阳台低头看下去，高大的椰子树和低矮的剑兰随处可见。椰子树的枝叶间，隐隐绰绰藏着十来个扎堆热闹的绿色椰果。剑兰根根尖锐直立的叶片中央，卫护着一长串开得正艳的灯笼形状的白色花朵，颇有几分铠甲卫护下的温柔味道。小区的游泳池像一块蓝得正当新鲜的果冻，清澈透底，在一阵阵若有若无的海风里微微颤动，在炽热的阳光下碎裂成千万颗璀璨夺目的钻石。那蓝，像是一块磁力巨大的磁石，吸走人的视线，久久拔不出来。

远眺出去，和公寓一路之隔的，就是大海了。由浅入深的蓝绿色，一径温柔地在天地间铺陈开来，铺满全部的视野，直至天际尽头。单是远远望过去，便觉心胸开阔，心旷神怡。

大年三十的晚上，生平第一次，我们没有准备摆满一桌的年夜饭，也无须事前开列菜单，更不必在此后的数天里，天天顿顿和剩菜剩饭相对无言。

白日里，我们开车去了附近的海鲜市场，买来最新鲜的扇贝，小小的蒸锅热气腾腾地忙活了五个来回，方才蒸完三十多个扇贝。蒜蓉粉丝扇贝用自家厨艺做来，又是另一番风味，一顿饭的功夫报销了个彻底干净。大块的马鲛鱼用盐码好味，用油煎了，再过一遍糖醋汁，立马变成了餐桌上的惊艳美味、看电视时的休闲小食。北京没有的四角豆，揣摩着做来，倒也是一道爽口小菜。春节前后，海南的青芒正当时，饭后一人捧一个吃来，满口金黄色的汁水，美味又香甜。

南国的每一种风物都让我们对异乡的生活充满新鲜感，这种新鲜感并非来自于一个普通旅人的感受，而隐隐约约更像是准备在一座新城市扎根生活的新城市移民的感受——用全部感官去触碰这座城市的每个细微角落。

离家几千里，自然也无须走亲访友，更没有人情往来的疲累。白日里，我们漫无目的开着车漫游，刻意地避过那些人潮汹涌的热门景区。一路上，随便一处少有人迹的不知名海滩都可能成为我们临时落脚的目的地。

无人踩踏的细细黄沙，温柔起伏的湛蓝海面，静默矗立的巨大礁石、轻轻拍打脚面的暖洋洋的海水……唯有此时，方觉拥有的天高海阔是多大的一种奢侈可贵。

入夜，我们一家三口在公寓对面的海滩漫步。耳机里放送的是喜欢的音乐，走在身边的是我爱的父女二人，不远处的高楼里，有一扇窗户、几盏灯光、两位老人，在耐心地等待我们回"家"。远处，不时蹿上夜空的五彩焰火照亮了夜空，大海在渐渐低伏的涛声里睡意朦胧，头顶上，满天星斗静静地窥视夜行的每一个灵魂……我们仨手牵手安安静静地走着，不自喧哗，也不被打扰。

黎明时分，太阳刚刚苏醒，远处的海平面隐隐透出一丝微光，我们早起去赶海。潮水正在褪去，慷慨地留下一地宝贝。星星点点的人们弯腰捡拾贝壳、牡蛎、螃蟹和长得像象拔蚌的一种不知名的软体物种。

胆大的父女俩追逐着潮水褪去的方向跑去，竟然意外收获了一条重约两斤、身材扁扁的多宝鱼，这当是那天早上，这片海滩里，人们收获到的大海给予的最丰厚馈赠了。女儿和她爹快乐得难以自已……于是，我们又有了一顿特别的早餐——清蒸多宝鱼。来自大自然的馈赠和一份意外的幸运，让全家人都着实欢喜了好几天。

尽管，这次旅行未经策划，所有行程安排也自由随性，更有悖于春节归家团聚的传统习俗，然而，正是这样一次旅行，让我品味到多年来每逢春节就求而不得的安静快乐。

这以后，每逢长假，每当穿行在车流和人潮中间不胜其烦的时候，我都会抑制不住地想起那次平凡又温暖的旅行。

逆着人潮的方向，不求热闹，不赶时间，寻找一片安静的海。

夏天的味道

在四季带给我的印象里，春天是生机勃发的绿色世界；秋天是色彩绚烂的油画版图；冬天是万物萧瑟的沉静天地；而唯有夏天，在视觉感官之外，在热烈之外，充盈着各种各样让人沉醉的味道。

1

夏天留在我儿时味蕾上的记忆最为深刻，总是清清凉凉的，每逢酷热天气来临，就叫人忍不住想念。

儿时，一到夏天，最盼望见到的人，是推着自行车走街串巷卖冰棍的货郎。

一根冰棍，足以慰藉一颗燥热不安的童心。

卖冰棍的人一般在正午时分现身。用不着大声吆喝，绑在自行车后座上、用棉被捂得严严实实的冰棍箱，像一块磁力强大的吸铁石，自然而然就吸引了周遭所有孩子的目光。

心急火燎地从父母手中接过一毛钱，拿上一个掉了瓷儿的白色搪瓷茶缸直奔而去。卖冰棍的人小心翼翼地掀起棉被，再掀开冰棍箱的盖子，一阵白色的雾气裹挟着沁骨的凉意漫出来，带着白糖和奶油冰冻过后的丝丝甜味……

小手接过来一只通体白色的冰棍，舍不得马上吃，也是因为有过心急之下一口咬上去，嘴唇和舌头粘在冰棍上一时挣脱不开的经历，先把它放进搪瓷茶缸里，一路端着走回家。

不到 50 米的距离，茶缸的外壁凝结起一层透明的小水滴，用指尖轻轻碰一碰茶缸，冰凉的，那种温度叫人欢喜。再看一眼里面，杯底多了一些化掉的冰水，躺在里面的冰棍，身材也变小了一些。这才取出来塞进嘴里，三下五除二地嚼完冰块，再仰脖把化掉的冰棍水一饮而尽。

直到现在，路过小超市时，在塞满几大冰柜的琳琅满目的雪糕冰棍冰淇淋里面，我每次翻翻捡捡找来找去的，不过是一支有着和记忆深处味道相仿的老冰棍。

在川人的心目中，还有几种称得上是消暑圣品的食物。

排在第一的当属西瓜。在背阴的水泥池子里接上一池水，把刚买的西瓜丢进去，西瓜在里面浮浮沉沉三两个小时后，用一把长刀切成月牙的形状，拿起一块，一口咬下去，清凉甘甜的汁水四溢，两三块"月牙"就撑圆了肚子，从口腔喉咙一路舒坦到肠胃。

还有一种叫作冰粉的凉饮小吃，也是很多川人的最爱，只看名字，就让夏天里的人们平白生出亲近感。

烧开一大锅水晾凉，清洁干净双手，把冰粉籽（一种植物的果实）放入一个小纱布口袋，在水里细细揉搓之后，加入一点点做豆腐用的卤水，静置三四个小时后，整锅水凝结成嫩嫩的果冻一般的模样，晶莹剔透，透明无暇。

盛出一碗，加入两勺提前化开的红糖水，用汤匙搅打均匀，送入嘴里，带着一股甘蔗汁的清香甘甜味道，软软的小水晶块们顺着喉咙自动滑下去，那叫一个透心凉。

街边的小摊上，整整齐齐地摆着一碗一碗的"晶晶亮"，即使用透明的玻璃片盖着，也照样勾引着肚里的馋虫，每次路过，馋虫和意志力都要大战一个回合。

还有一种甜品，叫凉糕。把大米在凉水里浸泡三四个小时，上磨研成米浆，倒入锅里熬煮，对火候和搅拌都有不小的要求。熬好之后，盛入干净的容器里，先是静置、自然冷却到室温，再放入冰箱冷藏。

小孩子们放学回到家，阿婆赶忙从冰箱里取出宝贝来，用刀分切出一大块，再横竖几刀切成井字格，浇淋上两勺浓稠的红糖水，送一勺进嘴里，舌头上颤巍巍的一块，米香挟裹着红糖的清香，满嘴的甘甜，但又不至于到甜腻的程度，让你的牙齿流连在它的皮肤表面，舍不得马上对它下嘴，那味道……是对在酷热难耐的教室里闷坐一下午的小孩的最好褒奖。

在甜品之外，川人还青睐一对绝配的消暑CP，绿豆稀饭和凉面。

餐馆或是街边小摊上的绿豆稀饭和家里的不太一样，浓稠度适宜，粥色是鲜亮的豆绿色，带有一点若有若无的特殊清香，入口爽滑顺嘴。秘诀在于，熬煮的时候加了一点点碱面，犹如点睛之笔，化腐朽为神奇，把卖相、口感等方方面面都调剂到最好。

地道的四川凉面，是没有麻酱，没有黄瓜丝的，配菜只有细细长长的绿豆芽，最多加上一小撮手撕鸡丝。

做凉面用的面条是特殊的，用的是一种叫作水叶子面的加了碱的半干面条；扇凉面和做油辣子用的油也是特殊的，是提前烧好晾凉的菜籽油，香味特别而浓烈；佐料里的白糖，只能用粒粒分明的白砂糖，不能用绵白糖替代，至于为什么不能替代，我只能说，制成这两种糖的原料——甘蔗和甜菜——分明是两种不同的味道。这味蕾上的细微差别，大概只有少数人可以领会。

正是这每一点的特殊之处，才融合成了四川凉面独有的辣爽鲜香风味。上大学时，每逢暑假回家，一下火车、长途汽车，不顾满身风尘和汗水，心心念念的，就是奔向街边小铺里，罩在蓝色纱网里的那一碗凉面。

混杂了菜籽油和油辣子的浓香、花生碎和芝麻粒的香脆、葱姜蒜糖醋酱油豆豉花椒粉……经化学反应后迸发的特殊香味、还有绿豆芽的清脆回甘、水叶子面的筋道爽口……重口味的再多加一勺油辣子，吃出满头满脸的汗来，方才过瘾。

就着这痛快劲儿，一气呵成，再顺下去一碗微凉的绿豆稀饭。吃完夏日午后这一餐，这两日的归家路方才圆满，苦夏仿佛也得了安慰，变得好过了一点。

阔别故乡的夏天已经二十年。

阔别那些只属于夏季的地道家乡美食也已经二十年。

记忆里，那些久远的人、事、物、景，已经渐渐变得模糊；唯有味蕾，执意地不肯忘记儿时那些曾经令人惊艳过、幸福过的味道，隔着几十年的光阴距离，不时轻轻地牵动那一缕乡愁，熨平夏日里烦闷难耐的那颗心。

2

夏日的味道也不尽美好。留在味蕾上的记忆，除了好吃的冰棍、冰粉、凉糕、凉面、凉粉这一"冰凉"系列以外，还有小时候望而生畏的苦瓜、藿香正气水……

夏天留给鼻子的记忆，更是丰富。

相较于夏夜，白天的味道是单调、可憎的。

留在我儿时记忆里的夏日白天，是路面被高温炙烤得快要融化的沥青味；是在教室里昏昏欲睡时，涂抹在太阳穴上的风油精和清凉油的刺鼻气味；是体育课后，小伙伴们一身蒸腾的热气和少年青春的汗水味；是课间一只臭屁虫被"请"出教室时，心有不甘，报复性施放的烟雾弹的难闻气味。

如果是在暑假，临到正午，跑上山捉蜻蜓玩，那是个连农民伯伯也不会出现在田间地头的时间段，白花花的日头随时悬挂在头顶，躲无可躲，每一寸土地都饥渴地张开大嘴喘息呻吟，山野间弥漫的绝非鸟语花香，而是被烤干的有机肥料的恶臭味。好在这些气味是凝固在空气里的，在那些无风的白昼，并不远走，只要你不靠近，便感知不到它的存在。

夏日的白天里，唯一令人向往的，是自远远的露天泳池飘过来的淡淡的氯气味，随之而来的是在头脑里自动生发成的想象：一池清澈见底的被太阳晒得暖洋洋的水，淡蓝色的水波荡漾，一个个被晒成古铜色的瘦削或是肌肉感十足的少年……所有这些都在撩拨着你的神经，最终说服你放下对曝晒的担心，顶着炎炎烈日，义无反顾地奔向那池蓝汪汪的清水。

太阳渐渐西斜，即将没入远山之间。

时近黄昏，气温下降了一些，花花草草开始活泛起来。

一丛一丛五颜六色的胭脂花开始盛放，招引着年岁小一点的孩子去采那种叫作"地雷"的黑色果实。这种花生命力顽强，往松软的泥土里撒些种子，多半就可以生根发芽。它还有两个有意思的别名，叫煮饭花、洗澡花，据说，是因为它开花的时间，是在家庭主妇们开始生火做饭或是给孩子们洗澡的黄昏时分，是不是很形象？

爱（好）美（奇）的小姑娘，把摘下来的胭脂花捣成泥，敷在指甲盖上，半小时过后，指甲上便覆上了一层浅浅淡淡的颜色。还有一种玩法，是摘下一朵胭脂花，揪掉芯里的花蕊，塞进嘴里吹喇叭，那是入夜奏鸣曲里少不了的一道器乐和声。

再晚一点，爬满一堵篱笆矮墙的蔷薇花也重现生机，小小的花朵一别白天的低迷，精神地挺立起来。在远处，闻到的是一阵淡淡的花香，凑近了闻，馥郁芬芳。

顺着墙根找过去，是一蓬一蓬的薄荷草。虽是单调地绿着，但仅凭那点沁人心脾的味道，就足以调动起孩子们的脚步四处寻找。

薄荷草有一种让人安静沉醉的魔力。摘来新鲜的薄荷叶，清洗干净，用热水冲泡，等待水温降下来的那段时间，不时把鼻子凑过去，贪婪地深吸两口气，立刻感觉清心怡神。

很多人家的小院里，都种了金银花。金银花从不孤单，由小小的一株开始一路疯长，茎生藤，藤生蔓，繁花满枝丫。

初开的金银花是白色的，清香怡人，两三日过后，花朵颜色方才转为黄色。大人们喜欢趁着新鲜，把金银花摘下晾干，泡茶饮喝，也是清热解毒、消暑生津的好物。对孩子们来说，它是暗夜里若有若无的背景香，在它的映衬下，整个世界的味道都变得好闻起来。

和金银花相比，夜来香就没那么讨喜了。它的香味随着夜幕降临愈加嚣张，浓烈到近乎甜腻的味道，让多数人深感消受不起。又因为夏夜的空气里，实在不缺几味花香，所以，脂粉气息浓厚的它，总是被人嫌弃。老实说，和夜来香这个名字相比，我更喜欢它的另一个名字——"晚香玉"。

3

在弥漫着花香的夏夜，在没有空调和手机的日子里，我们这些孩子，和花花草草一样，在太阳落山之后重焕生机活力，乐此不疲地追逐着、奔跑着，从一处花丛转移到另一处花丛。

那是我们的童年里，最质朴、最原生态的消夏方式。

晚上八点一过，一楼的邻居从厨房里拽出一根长长的黑皮管子，水龙头一开，我们这些孩子们的泼水节到了。

粗粗的水流从快乐尖叫的小孩头顶上一泻而下，追逐着那些笑闹着跑近又跑远的小小身影，再吻过露天院坝水泥地的每一寸肌肤，直到它滚烫的内心变得清凉安宁。

刚冲完澡的水泥地面在月色下泛着幽暗的光，孩子们赤脚踩上去，脚心阵阵凉爽。藤椅和竹躺椅被请到了院坝里的葡萄藤下，再点燃一两盘蚊香，手上拿一把大大的蒲扇，选择一个舒服的懒人躺姿势，随便开启一两个龙门阵话题，就是大人们最享受的纳凉时光了。

天空的蓝逐渐深邃，再暗沉下去，是一个疏朗无星的夜晚。"幺儿""幺闺儿"……疯跑的孩子们被各自的母亲声声召唤回家。

洗澡盆里早已兑好了热水，还加了一瓶盖的花露水。旁边的凳子上，摆着白天晾晒好的衣服，干干爽爽，有一股……嗯，阳光的味道。贪玩的孩子少有不长痱子的，所以，圆敦敦的痱子粉铁盒早就等在了一旁。一个满头大汗的熊孩子跳进澡盆，五分钟后，出来的是一个满身带香、各处粉白的乖小孩。

睡觉的地方是一道选择题。

可以选在走廊上。在干打垒的二层走廊上，铺一张窄小的草席，就着夜间的丝丝凉风，一点一点沉入梦乡。不好的是，蚊香固然能驱走蚊蝇，但赶不走壁虎和蝙蝠。蝙蝠会扑扇着宽袍大袖，在你的头顶飞檐走壁；而壁虎，则会选择更大胆地亲近你，有一次，我妈被一只壁虎咬了脚趾头，从此，除了乘凉，我们再不敢在走廊上睡觉。

四川的多数人家，一到夏天，床上铺的是竹凉席，或者，干脆就是竹凉板。每条有七八厘米宽的竹凉板，在躺下前用热水擦上两遍，肌肤贴上去，冰凉舒爽。肠胃不太好的小孩，大人甚至会担心因为凉板太凉会导致拉肚子。唯一的缺点是躺在一条条的竹板上，太硬，硌人，一觉醒来，身上总会落下几处明显的烙印。

我最喜欢的是睡在客厅。在客厅地面铺上一张宽大的凉席，把头顶的吊扇调到最小档，微凉，还需要扯了毛巾被一角搭在肚子上。和空调相比，吊扇的风可以很温柔；和台扇、落地扇相比，吊扇风的作用面积明显大出很多……在我儿时的印象里，那是最接近自然风的一种。所以，那样的夜晚，我们总是踊跃报名睡在客厅，任由舒服的吊扇风把我们带进一个清凉好梦的世界。

小时候，和厚重、阴冷的冬天相比，我更喜欢夏天。喜欢它的明媚，它的生机，它的无边乐趣，它的纷繁味道，它的裙裾飘飘，它的汗水飞扬，它白天黑夜的每一张面孔。

韩寒说：我最怀念某年，空气自由新鲜，远山和炊烟，狗和田野，我沉睡一夏天。

那么，好好地享受每个夏天吧。

幸福不过一盘炒田螺

周六闲逛菜市场，路过卖田螺的摊铺，好几大盆刚从水库里打捞上来的田螺，个头大而均匀，壳体是透亮的青色，螺肉和触须从壳里小心翼翼地伸出来，在透明的水色里尤显新鲜干净。又到了吃田螺的最好时节。

几乎是瞬间，我的口舌胃都被充分调动起来。惊蛰已过，各处感官似乎也从冬眠中苏醒过来，不可遏制地忆起种种细节。

从刚端上桌的热气氤氲的盘子里，用两只手指拈起一枚田螺，另一只手拿了牙签，伸进螺壳里稍稍用力地扎进去，左右手沿相反方向小心地旋转，取出一圈完整的螺肉，摘掉那点黑色的小尾巴，再利落地送入嘴中……末了，倘若不是在公众场合，一定要喂喂沾满酱汁的手指头，那会带给你加强版的味蕾刺激。

此前熟悉过无数次的那些麻辣鲜香滋味，那些沾满两根手指头，散发着浓郁香气的酱汁味道，仿佛就在唇齿间，还未走远。

1

第一次吃到炒田螺，是在大二的时候。

那是大二下学期，正值春夏之交，我开始了我的第二份家教，学生是家住蓝旗营的一个八岁小女孩。

小女孩很漂亮也很聪明，但小小年纪就开始了叛逆，逃避一切和学习有关的话题。她经常托着腮晃悠着两条小腿和我商量："姐姐，学习多无趣啊！咱们玩点别的好吗？就咱俩知道就好。"

好歹比她年长十来岁，面对赤裸裸的诱惑，我不为所动，板着脸要求她继续。这时，她会拿起书本在桌上发泄式地狠狠摔打，猛瞪我几眼，再不情不愿地回归到书本和试题里去。

上课两个来月，每次接待我的，都是一个说话轻声细语的温和的老太太，是小女孩的姥姥，于是我也跟着小女孩称呼她姥姥。

这期间，我一次也没见过她的父母，但在这个老北京传统的四合院里，分明处处都留有他们存在的痕迹。我好奇，但还是强忍住一颗八卦心。

慢慢熟悉起来后，有一天教完课，姥姥送我出门，边走边叹气："一天到晚起早贪黑地炒那点田螺卖，挣了几个钱，舍了孩子的学习，就像我当年一样，你说这是图个啥。"

我这才知道，小女孩的爸妈在清华附近开了一家餐馆，炒田螺算得上是店里的爆款了，属于每桌必点的菜，还有很多叫外卖的，打包带走的，每天，都会消耗掉几百斤的田螺。

我也才知道，平日里，小女孩根本连见自己爸妈一面都难，早晨上学的时候他们还没起床，深夜他们回家的时候小女孩早已熟睡。唯有周末，兴致来了，小女孩会去店里打个照面，领了下一周的零花钱。但更多的时间，还是一老一小静默相处，生活在各自的频道里。

说真的，教一个压根没有学习欲望的孩子，真的很累，我几次想过放弃。

尤其有一次，当院里养的一只德国黑贝挣脱粗粗的狗链子向我猛扑过来，吓得我魂飞魄散的时候，请辞的话都在嘴边打了好几个转，但后来还是缩了回去。

在知晓了一些隐情之后，想要放弃时，总过不了自己那道脆弱的心理坎。觉得一旦放弃，小女孩更会自暴自弃，陷入一个更加孤僻不羁的境地。

好在期末考试来得还算快。让我没有想到的是，小女孩的成绩从班里最后 1 名一跃蹦到了前 15 名，前进了近 30 名，要知道，那可是在中关村二小。

我比小女孩兴奋多了，捏着她肉嘟嘟的小脸逗她："你是不是走了狗屎运？"甚至，我还捧过她的脸，贴了贴她的脸颊。

小女孩显然很不习惯这种亲昵，别别扭扭地嘟囔："直接说你教得好不就得了，让我妈给你涨工资。"

再上课的时候，她妈妈特意留在家里等我过去。她妈妈很年轻，长得很漂亮，脸部轮廓很美，一头长长的大波浪卷发披散在肩头，衣着打扮都很时髦，唯有皮肤略显粗糙，眼睑下垂着一抹疲倦的青色。

我结结巴巴地叫她姐姐，又觉得辈分不对，改口叫了阿姨，又觉得把她叫老了……总之，各种混乱。

她抽着烟和我攀谈。

"你哪里人？"

"四川。"刚二十岁的我很是拘谨。

"四川的省会在哪里？"我一愣。

"好像是成都，对吧？"吐了个漂亮的烟圈，她自己给出了答案。

聊得越久，我越震惊。怎么也想象不到，在高等学府环抱的这处老北京深宅大院里，还住着这么一个知识贫瘠到如此地步的大美女。这背后，不知道藏着多少不为外人所知的隐情。

大概是觉察到了我脸上的异样表情，她用手指掸掸烟灰，自嘲说："我就是这么一没文化没素质的人，别嫌弃。"当时的我，除了机械地否定"怎么会"，多一句安慰的话也说不出来。

她痛快给了我100块钱的奖金，我的推拒根本不是她的热情的对手，只得收下。

上完课后，没想到她还在，不由分说带我去了她店里，威严地吩咐大厨给我炒份田螺。

"火候一定要最好，料要放足，打好包，牙签别忘了放。"她要求说。

"我家田螺是清华学生们的最爱，你会喜欢吃的。回去和小男朋友一起吃吧。有男朋友吧？"她骄傲又体贴地说。

两个烫手的餐盒被装进了塑料袋里，挂在了车把上。我一路飞快地骑车回到学校，心里装满欢喜。到学校时，餐盒还很热，只是不再烫手。

如她所愿，我叫了当时的男友，在学校里找了个角落，分享成功带来的一切快乐，那似乎是我第一次强烈地体会到被人需要和看重的幸福，还有因为帮助别人带来的快乐。

青春给年少时的情绪装上了一面放大镜，透过这面放大镜，我体会到的那种巨大的幸福感和快乐感，眩晕得让人无以言表。

每一只田螺的尾部都被整整齐齐地剪掉了。那时候好像还没有专门剪田螺的机器，在店里时，看见几个身着白色上衣的服务员，正围坐在一大盆田螺边，人手一把剪刀埋头苦干，没人说话的时候，店里是一片"咔咔咔"的单调声音。多年以后我才回过味儿来，每一只被剪掉尾部的田螺，在好味道的背后，都倾注了店家一份真诚的用心。

和我想象的一样，炒田螺的味道出奇地好，层次丰富的味道在口腔里弥漫开来，温柔地安抚着味蕾；那种用牙签挑动、旋转，再将一小块螺肉送入嘴里的体验，那种食指大动，根本停不下来的感觉，更是出奇地好。

就如同最令人怦然心动的一见钟情，那两盒炒田螺带给我的美妙味道和无边乐趣，惊艳了我的大学时光，并成为味蕾上关于炒田螺的最美记忆，此后再也没能超越。

2

青春时的我们都有一点执着。一旦喜欢，便毫不掩饰那份热爱，而且是绝对的行动派。

总是在某个不经意的瞬间，或者晚自习后，或者某个周末无风的夏夜，馋虫被勾起，和朋友一起，骑上单车就直奔甘家口，急不可耐地等待夜市上卖炒田螺、卤煮火烧和烤羊肉串的摊位出来。

为了吃到一盘好吃的炒田螺，我们考察了学校外面的魏公村一带，还有民院附近的新疆村，还有海淀黄庄。一家家吃过，这才选定落脚在甘家口的夜市上。你看，二十啷当岁时的我们，总是挥霍大把时间在现在认为无聊至极，而当时觉得非常有意义的事情上。

夜市的上空，弥漫着浓重的烟火气息。我们就这样，坐在小凳上，忙碌地用牙签对付掉一整盘的田螺，再美美地呷上一口冰凉的啤酒，聊些不咸不淡的无聊话题。夜色掩盖了我们的一脸馋样，还有嘴角上沾染的汁水。

快乐，也无外乎如此了，简单满足，又不奢侈。

这种便宜又美味的食物说来奇怪，在人多热闹的时候吃来，得到的感官体验都是极好的；但一个人独享时，味道顿时大打折扣，嚼起来总觉得没滋没味，全然不是一直迷恋的那个味儿。

所以，我们总是一群人浩浩荡荡地杀向路边摊，豪迈地花上几十块钱，笑得、吃得都肆意妄为。

所以，从大学时期，到我毕业后工作的头些年；从吃路边摊，到尝试着自己做来吃，吃炒田螺这一行为都必须是一群人的狂欢。炒田螺加冰镇啤酒这对好基友，陪伴我们度过了三届世界杯和奥运会，也陪伴我们度过了很多个远离家人的端午节、中秋夜和生日会。

青春时的爱情和友谊里，都有它不甘寂寞的参与。在堆叠成山的螺壳里，我们看见了自己藏匿在时光里，无比害怕孤独的群居动物的影子。

3

世界杯已经很久不看了。我也多年没再实践过，早已忘了当年是怎么将那些浸泡在清亮水色里的慢吞吞蠕动的小家伙们，摆弄成一盆备受欢迎的炒田螺。

既然关于做法的记忆荡然无存，我索性怀揣创新的勇气开始重操旧业。姜丝蒜片青蒜粒料酒郫县豆瓣白糖蚝油生抽红烧汁，一起上阵，换来一锅香气扑鼻的炒田螺。

我用餐盒装了大大一盒，给闺密一家送去。

又带了些在车里，留给女儿在我们去郊游的路上打发时光。

和我当初一样，很快，女儿就沉浸在这种重复游戏带来的快乐里。

最初，每挑出一个完整的螺肉，她都会在后座上夸张地嚷"哇哦"；再后来，她会把她的成果一一送进我和她爸爸的嘴里，享受着我们种种搞怪夸张的幸福表情。

　　分享，总是让人快乐的，多年前就是如此，现在也没有分毫改变。

　　而所谓平凡简单的幸福，不过就是在一起，共享一盘美味的炒田螺。

你追你的西餐厅，我爱我的街边店

1

"你追你的西餐厅，我爱我的街边店。"

一次老朋友聚会，在讨论聚会地点时，大家意见不合争执不下。在争得面红耳赤之际，这句话从我的嘴里不受控制地飘出来，带着一丝小情绪，毅然地和精致的、精英的美食划清界限。

说起来有点小惭愧。这么多年过去，我的味蕾还是没能高尚起来。还是无法接纳那些高档餐厅里需要细细品味的冷艳菜式，还是忍不住在五星级酒店花样繁多的自助早餐里挑选面条馄饨豆浆油条，还是忠实地爱着那些苍蝇小馆、路边摊、街边店、大排档。

昨晚看到一段访谈视频，里面那个留着小平头的男人说："我自己就爱吃个街边店。我没必要假装对那个特别繁复的宫廷菜肴有特别特别透彻的研究，那些有人去研究就好了，我对那个从来就没有感兴趣过。而且最重要的一点是，我不觉得那种菜带来的快乐，比路边店带来的快乐更多。"

把这段话浓缩一下，妥妥的就是这样一句啊：

"你追你的宫廷菜，我爱我的路边店。"

因为这段话，我把这个质朴淳厚、接地气说人话的中年男人归为同类。迅速路转粉，迅速在京东上下单买了一本他的《至味在人间》。

此刻，这本书正热气腾腾地躺在我的书桌上。

写这本书的这位中年男人，是陈晓卿。

我知道的这个名字，是纪录片《舌尖上的中国》总导演，是美食家，也是美食作家，是总在幸福地做着一应和"吃"有关的事的人，是我想象中更加偏爱鱼子酱焗蜗牛鹅肝冻鞑靼牛排红酒香槟仿膳宫廷私房菜的那种人。

然而他不是。对这些，他好像也爱不起来。

他拒绝"美食家"这样的称谓，他说自己充其量就是个美食爱好者。

他说："我喜欢那些没有什么太大名气的小厨师，我也喜欢写没有转盘桌子和空调地毯的那些馆子……我怎么这么爱这样的环境呢？它就跟我平时生活中的点点滴滴一模一样，我太喜欢这样的饭馆了。"

他说："我拍的人，95% 都是普通人，我非常善于在普通人身上发现他们的不平凡，而且我会觉得他和我有很多的共鸣。"

一天，为写一个美食专栏，陈晓卿走进一家人均消费 40 元左右的苍蝇小馆。

还没到饭点，一个服务员在剥辣椒，另外几个服务员一边在穿钵钵鸡的串儿，一边操着一口川普聊天，聊的话题是马上要回家了。

一个中年妇女问一个小伙子："你有什么心愿？"

小伙子答："我到现在都想知道茅台酒是什么味道。"

另外一个女的说："我们家老公喝过，什么味道他也讲不清楚，但是他说，好酒就是不上头，喝了不头晕。"

这些质朴的对话，被陈晓卿捡到宝一样地赞叹：

这是一些特别活灵活现的，有生命活动迹象的话。

必须要承认，我爱死了这个提法——"有生命活动迹象的话"。

这意味着，不必装得深沉，不必明明无感偏生要屏着呼吸来一串没有生命活动迹象的话，比如："这酒略有点涩，单宁还不够柔化。"

2

想起了我爱的一家街边店。

大学毕业，我从北京的大西边，横穿长安街到了大东边的通州上班。

走街串巷，循着味道，终于让我找到了一家重庆人开的小馆。坐落在不起眼的北街上，门脸不大，用餐面积也就二十来平方米。他家有当时通州独一份的正宗彭县锅盔、四川凉面，十块钱不到就可以果腹。

便宜！地道！是我的舌头和钱包都十分满意的一个吃饭的好

地儿。

老板是个高高大大的退伍军人，做得一手好酸菜鱼。他有着四川人的聪明劲儿，在经营上舍得花心思。他喜欢音乐，居然在本来就不大的面积里生生挤出近两平方米的地方做个小小的表演台，每晚8点，请来的歌手自弹自唱，嗨爆全场。

他家生意因此出奇地好。每到晚上八九点钟，别家餐馆过了饭点就冷冷清清，而他家总是客满，排队等位的人挤挤挨挨地候在门口，有座位的人一副喝着小酒吃着小菜听着小曲儿的幸福模样。

他家的菜单在慢慢长大。越来越多馋人的新菜，蘸水蹄花汤、豆花鱼、凉拌折耳根……道道都是我爱的家乡味。

他家的生意也在慢慢长大。把弟弟从重庆接来，兄弟齐心经营。先是盘下了隔壁房间，店面扩大了一倍；接着哥哥又在海淀寻了一处新址多开一家小店；后来北街拆迁，又搬到了临近城铁的繁华地段。唯一不变的，是店里的陈设餐具，依然质朴简陋。

他家的人口也在慢慢增多。他离了婚又结了婚，当初只有四五岁的儿子如今已有了自己的女朋友；弟弟也在这座城市里找到了另一半，安了家，添了一个小宝贝。

和每个异乡人一样，就像一粒种子被风吹到了城市的某个角落，孤独地扎下根来，生根发芽，努力生长，枝繁叶茂。

这二十年来，我就像一只嗅觉灵敏的小兽，无论他们搬到哪里我就跟到哪里。家人来京也好，同学好友聚会也好，我都忍不住把他们带去我固执喜欢着的这个小馆。

我早已和兄弟俩熟稔。每次去，必定是乡音来招呼我，聊聊老婆孩子说说店里生意；每次走，账单上的零头必定会抹去。

　　每逢为挑选吃饭的地方愁肠百结的时候，我家王先生总是会适时提醒：要不就豆花鱼庄？写到这里，我又想起了陈晓卿的一句话：

　　它（最爱的街边小馆）就像胎记一样，只有最亲近的人才知道它的位置。

　　对于我们迷恋过的那些散落在街头巷尾的街边店、大排档，我相信，舌头永远不会撒谎。

年华未老，风光正好

大学时，大概是因为理工科学校里女生是稀有物种的缘故，担负女生楼监管职责的宿管阿姨常常一副如临大敌样。

本来就狼多肉少，群狼虎视眈眈，再加上外校男生公然扎堆上门踢馆撬人，女生楼下每天都不得安宁，躁动着一群移动的荷尔蒙。这让一众宿管阿姨更加严加看管，唯恐一个不慎酿出桃花惨案，因此任由男生放低身段磨破嘴皮耍断手腕也断然不会徇私放行。

时间长了，北理工5号女学生公寓楼的一众宿管阿姨声名远扬，被江湖誉为"京工第一铁大门"。你可以不认识校长党委书记，但这几位可是我等凡夫俗子不得不识不得不拜的对象。

记忆里，大学四年绝少见过几张铁面的脸上带过笑。倘若千年好运撞见宿管阿姨绽放一脸和煦的笑容，那种感觉真的就像在寒冬的野地里行走，一转弯，突然看见千树万树梨花开，如沐春风雨露。

铺垫这么多，实际是因为我想起了她们中的一位"异类"，我姑且管她叫"不一样阿姨"好了。

不一样阿姨看上去很年轻，大概四十岁的样子，但结合别的宿管阿姨年龄来看，这个表象似乎大大欺骗了我们。她的真实年龄如果和别的宿管阿姨相当的话，应该是六十岁往上数了。

不一样阿姨个子不高，大概只有 1.55 米的样子，身材娇小，气质很好，面容也生得好看，穿着打扮也和年轻的女文青别无二致，每天精心但不刻意地变换装束，常常让人眼前一亮，隔远了看就是一副小女生的模样，全然没有宿管阿姨该有的杀气腾腾的容嬷嬷气势。

不一样阿姨喜欢运动，常常一身清新糖果色系的时尚运动装，额头上系着一条吸汗带，去学校大操场上跑步锻炼。偶尔撞见她运动归来，用搭在脖子上的毛巾拭着汗，步履轻快优雅，腰身盈盈不堪一握，像是舞蹈演员。

不一样阿姨不像别的宿管阿姨那样从家里带饭，总是拿着饭盒去学生食堂打饭。她的背影一旦混进乌泱泱的打饭大军里，就很难让人觉察出学生军里混进了一个老太太。

不一样阿姨经常戴着一副老花镜捧着一本书在看，神情很专注，但不影响她觉察大多数的风吹草动。偶尔有男生伏低身子从窗户根下偷偷钻进楼里，成功之后免不了轻声嬉笑得意，这个时候总能看见不一样阿姨轻轻抬眼，又低下头恍若未觉，原来只是有意无意地放水。

混在宿管队伍里的不一样阿姨，总让人感觉那么特别。就像是狼群里跑进了一只小羊，或是王室遗珠跌落进了险恶的江湖，又或者是学校不知出于何种目的，在宿管阿姨里安插进一位高知。

多年以后才醒悟过来，不一样阿姨的那点特别无非源于她有太多与同龄人不相符的地方，不似她们那样老态木讷刻板世俗，不似她们那样粗糙着生活。

因为她的特别，让我们平生很多猜测，好奇了大学四年。关于她的年龄，她的身世，她的婚姻家庭和孩子，对我们而言都是谜一样的存在。

渐渐地，一个"女妖精"的称呼在女生里传开来，但不带恶意，更多的，表达的是对她精致生活和年轻态的羡慕嫉妒恨。

老的是年龄，不老的是心态。认真生活，生活必认真回馈于你该有的气度和神采。

2

有很长一段时间，每逢好天气，都能在我家相邻的楼门前看见一位很老的老太太。

老太太年逾九旬，满头银丝里裹挟着岁月的威严。

看得出来，老太太每次到楼门前晒太阳，必是经历过一番大阵仗。孝顺的小辈提前把藤椅安置好了，放好靠垫，有时还备上脚踏，人精心装扮过了（那点繁复后面再细说），随身的手杖必不可少，常年的猫伴儿也要一同下来放放风……

饶是我这种天生欠缺观察力的人，每逢老太太下楼，都忍不住一眼又一眼地细细打量。

一身簇新的墨绿色绸缎料中式大褂，看不到一丝褶皱、挂丝和毛边的痕迹，大朵大朵的红白色牡丹花在丝缎上开得肆意，褂边滚着一圈细密的暗色金丝，如今难得一见的缠丝盘扣精致地缀了一排，让人瞬间穿越回张爱玲时代，和街头那些端丽、典雅的女子偶遇。

老太太白皙又堆满褶皱的脸上，眉毛被精心地描画过，提亮了神采，但又不显突兀；嘴上涂了嫣红的唇彩，带出几分活泼和俏皮。

耳垂上、脖颈间，垂着大而圆润的白色珍珠耳坠和项链，在明媚的阳光下闪着温润的光泽。

双手青筋、皱褶和老人斑密布，右手无名指上，戴有一枚镶嵌了绿色宝石的金戒指，式样古朴，但一看就保养得很好；指甲涂了红色的蔻丹，双手交握时，和艳丽的红唇形成奇妙的呼应，更加耀目。

老太太端坐在棕色的藤椅里，被摩挲得油光水滑的手杖就倚在藤椅边，包裹在黑色绣花鞋里的三寸金莲轻轻贴着地面，一只胖胖的、看上去也有一把年纪的波斯猫安静地伏卧在她怀里，在刺目的阳光下舒服地眯了眼。

那一刻，恍觉时间停滞，世界安宁，下意识地轻手轻脚走过，唯恐惊扰了静好岁月。

有人经过时，不管认识不认识，老太太总是微笑颔首，气度不凡,手指一下下地,慢慢抚弄过胖猫蜷缩的身体。有人回以微笑;有人轻声问候,"老太太,您老人家好啊";有人爽朗夸赞,"老太太,您好精神"。

邻居们私下里感叹,年轻时,老太太必是一个风姿绰约的大美人,旧时精致生活延续到现在,大概活到一百岁,风采也不减当年。

岁月粗糙了她的皮肤,但并未粗糙她的生活。

精致已成习惯,每一天都是外人眼中的精彩。

谁说时光老去,花样年华就不复存在?

在相同中找到一点不同

1

我家客厅的茶几上，常年放着一个手工摆件。

一树舒展的竹枝上俏立着一只竹蜻蜓，它下颌部位有一个小小的、尖尖的凸起，把它轻轻置于树枝的任何一处，它就像一个灵慧的芭蕾舞演员，用足尖很好地保持住平衡。

白天，阳光穿过玻璃窗暖暖地洒向竹枝、洒向竹蜻蜓，有了那点温暖，它们在跳动的光影间更显生机勃发。有风拂过时，蜻蜓便在枝叶间轻盈地起舞，让你的表情、你的心情也随之而荡漾、舒展。

它是我的朋友自日本乡间给我背回的礼物，和马桶盖、电饭煲相比，毫无疑问，它才是我的心头爱。

一直记得初见第一眼时，它的巧夺天工惊艳我的那一刻。又因为那时刚刚和几个朋友创办了一家叫作荷尖蜻蜓的公司，应时应景，机缘巧合，更觉美好无限。

它和我家的互联网电视、智能扫地机器人、蓝牙音箱身处同一空间，纵然是周围强烈的科技感也不能让它遗世独立的风采黯淡分毫，来到家里的客人，总在坐下来后的第一眼便关照向它。

我想这大概就是手工的魅力，它们诞生于手艺人（或许我们应该称之为生活艺术家或是手作艺术家）的想象里、刻刀下、手指尖，随心境而动，不刻意雕琢，用真切的手工痕迹为我们带来返璞归真的生活美学，隽永留香，永不落伍。

2

这个世界上，有很多人都同时活在两个空间里。

一个我们，活在现实世界的钢筋水泥里。日复一日为生计奔波，行色匆匆，时间在这里被一个叫"效率"、一个叫"机械"的词儿裹挟着，不由自主地加快了脚步，让我们来不及用心思考。

生活被工业化和技术进步的成果全副武装，规模化生产带给人们的是所谓精工细作、毫厘不差的千篇一律，放眼望去，那是一团泛着蓝光的冷艳的科技感，它快速复制膨胀，充盈了我们生活的几乎全部。

我们身不由己地物质着，追求更多的钞票，追求一切时尚前沿，我们毫不怀疑地相信，这些才是获取和证明更好生活的必需。

忙碌的我们有时会感觉不明所以地内心虚空，想暴走改变程式化的生活，却又无从做起。

　　另一个我们，活在梦想世界的"别人生活"里。远远看去，有那么一小群我们称之为"手艺人"的人，他们追求自由、梦想和个性的勇气大过天，他们舍弃的或许是一份高薪又或许是一种碌碌终日的生活，他们远离喧嚣亲近自然，呼吸之间全是山野的气息，物欲被降到最低，生活随之而变得简单、朴素又安静。

　　他们把生活过得像一部黑白文艺默片，一个小小的工作室，用来盛放梦想和创意，一个人、或是三五好友结伴而行，极认真地终日伏案于工作台前，时间在这里放缓了脚步，轻轻悄悄的，唯恐惊扰了那些对细节的打磨，在这里，手作变成了他们对生活最好的告白。

　　等他们再抬头时，像个孩子般快乐地笑着，捧给我们看的，无论是一个身姿婀娜的花器，还是一把通体圆润的木勺，抑或一个满目含情的人偶，再或一只在花叶间随风起舞的蜻蜓……

　　那些返璞归真、小而美的桩桩件件，因手工打造，全都生而不同，每一件都独立自尊又个性地活着，又因为被37度的体温长久地温热了灵魂，那点温度传递下去，于是，让人惊艳之余心也开始变暖。

　　我仰慕着这样的生活，不知你感受如何。

3

　　那些建造在山野间美好得一塌糊涂的阳光居所。

那些用历经风雨洗礼的老房梁做成的手工吉他。

那些仿旧时飞檐顶端风景的青砖瓦当。

那些浸润了时光气息又晕染了人间烟火的杯盘碗盏。

那些温暖了四季又治愈了孤单和伤感的指间编织。

那些令人食指大动不容辜负的厨间美色美味。

……

每一件物品都注入了手作的温度和心思，让我们痴迷于领略不完美中的完美。

其实，和器物本身相比，我更倾心于这些物品背后的故事。

那个现在叫"李吉他"的李宗盛在他的网页上写道——"我有一个比较小的愿望，这学期想要不留遗憾地，把每一天都过得很闪耀。"

有媒体曾对他的转身评论说，当华语乐坛的教父李宗盛来到他音乐之旅的第二十三个年头时，毅然决定回归音乐的母体，成为一名制琴师，于是定居北京埋头制琴十年……他将心底对生命的体悟和对音乐的挚爱默默地倾注在每把独一无二的琴中。坊间猜测更多的是：江郎才尽？疗愈情伤？

看，就是如此。我相信，每件手作背后都有它的来历和故事，没有故事似乎不成其为手作。

世界如我们所见，生活的每一个细枝末节，只要你能想到的，都被这样一群"造反分子"所颠覆。他们怀揣一份恋旧情结，用眼睛发现美好，用想象重构世界，用手工改造一切，生活归于平淡，生命却变得不凡。

如果这样的生活只能停留于我们的梦想，只属于少数派，至少，我们可以听着这些追逐梦想的故事，寻找与自己内心契合的那件独一无二的美好器物，拥抱入怀。

还是李宗盛，他说：我们都需要，在相同中找到不同。

躲不过的人生弯路

1

还有一个月就是圣诞节。坐在电脑前念及圣诞节，突然有点心塞。

两年前的 12 月 25 日，一大早醒来，一切如常，如常地穿衣如厕洗漱吃饭，然后准备拎包出门。找了一圈，包包斜倚着门厅鞋柜躺在地上，心里顿时升起不悦，我向王先生飞过去两道凌厉的眼刀："干吗这么虐待它？"曾经有过不良记录的王先生无语凝噎。

穿好鞋推门而出，觉得有点不对，往日分量不轻的包包背在肩上竟似无物，我开始恍惚——"昨晚没带电脑回家吗？"心存念想给同事打去电话，杯具了，同事确认我带了电脑回家，并且在电话里给我逐一回放细节。

我买了不到两周的新电脑啊！还有我辛辛苦苦刚刚搬家过去的 120G 的资料！

心一点点地沉下去，再找，又发现更多蛛丝马迹：钱包里钞票全无，所幸身份证和银行卡还在；女儿的零钱包被掏空，孤单地被扔在门厅柜上……真是个有礼有节、心无旁骛的风雅窃贼啊，只取现金和便携贵重物品，其余一概不理，来去无风，还我们一室安静，连个像样的脚印或是指纹也没给我们留下。

所幸，前些天，女儿图好玩，在客厅里支了帐篷睡，独独圣诞夜，她睡回了自己的小床上……不敢想，想想就后怕！

我们在清晨七点三十五分报了警，之后有负责勘察取证的刑警和我们电话联系。电话里，警察的声音满是疲惫和抱怨。

是了，在刚刚过去的这个夜晚，有三个小区的多栋楼多个单元遭窃贼"通吃式"地光顾，知道什么叫通吃吗？就是窃贼疯狂地从顶层住户一路扫到一楼用户，但凡有隙可钻，绝不放过，我们这一单元东侧的四至六层住户无一幸免。

失窃的人们自六点开始纷纷报警，而迟钝的我们报警时，距离警察们的下一轮交接班已不足半小时，疲于奔波的警察自是牢骚满腹。

他拎着重重的仪器上楼，带上白手套摆了几个 pose 却一无所获，他讥讽我们大开空门让窃贼有机可乘，训斥我们把现场搞得一团糟，一时间，恶向胆边生，恨不能先进行一场人民内部斗争，把警察蜀黍胖揍一顿方才解恨。

之后的一天忙忙碌碌，到警察局录口供，接受邻居和同事们的莫名惊诧，接受小区物业的慰问，接受社区民警的二次慰问和安全科普……说到底，悔不当初的，不过是防盗门没有反锁而已。

想起远在南方的爸爸，每次打来电话，总会一遍遍地叮嘱我们安全和健康问题，一遍遍地向我们播报近期的恶性安全事件，一遍遍地向我们发出各种安全警示：关于网购、关于信用卡、关于深夜打车、关于入室盗窃……不得不说，没有被厄运的彩蛋砸中之前，永远觉得这些事离我很远与我无关，人们大抵会想：这种小概率事件，怎么可能那么巧就让我中彩呢？

不要问我失窃的财物有没有找回！怎么可能！

我们和邻居一起加固防线，换装了安全系数更高的门锁，加装了防盗链条和警报器，又在门上挂上了磁吸风铃……豺狼胆敢再次来犯，定叫他妥妥地吃个闭门羹！然而，我们的恐惧症一直延续到了近两年后的今天，每晚临睡前，我都会神经质地反复跑到防盗门前确认是否反锁。

今天我写下这些文字，又一次妄图以经验度人，然而，有些弯路必然得自己走过之后才会知道下一次举步该如何避开沟坎。

2

朋友的前 BOSS，年约四十，事业经营得风生水起，人谓"拼命三郎"。据说他一天只睡有限的几个小时，忙起来通宵达旦也是常事，过去的几年间，曾多次晕倒在工作现场，饶是如此，稍事休息又是硬汉和工作狂一个，着实令人钦佩又胆寒。

前段时间，这位先生又因头痛难忍入院检查，结果发现有脑出血症状，好在出血量不大，且发现及时，于是被医院勒令留院卧床静养。

本以为健康的警钟一敲再敲，甚至上升到了生死攸关的高度，会令拼命先生幡然醒悟。然，在卧床的近 30 天里，拼命先生仍不离手机坚持工作，每到探视时间，病房外等着和他交流工作的大有人在。

几年间，亲朋好友乃至同事，不断劝诫他以健康为重，然而，在执念于玩命工作的人面前，懂得道理是一回事，身体力行又是另一回事了，这些劝诫终究化为苍白。

看到这里你该摇头了吧。你看，即便只身涉险，我们的乐观主义精神和冒险精神依然会跑出来，自豪地告诉我们说："我是最幸运的那个！"于是我们固执地走着自己想走的路，坚持着自己的坚持，不会轻易折服和言败。

我们，都何其驽钝。

即使喝了再多营养过剩的鸡汤，膜拜过再多的人生导师，依然过不好这一生。

即使被再多的肥皂剧洗过脑，看过再多别人的浪漫，依然谈不好一场恋爱。

即使有无数人苦口婆心大声疾呼此路不通，但我们依然不撞南墙不回头。

其实，对这一切，席慕容早就悟透：

在这人世间，

有些路是非要单独一个人去面对，

单独一个人去跋涉的，

路再长再远，

夜再黑再暗，

也得独自默默地走下去。

世界和我爱着你

1

去年冬天，领略了我在北京居住二十多年来从未见识过的冷，刷新了我有生以来对"冷"的所有身体感受。

近乎零下20℃的气温，瞬时风力超过8级，这样的极寒天气依然没有阻挡住女儿的钢琴老师从武汉千里迢迢来京，给她的学生们上最后一次课。

因为举家迁居武汉的缘故，钢琴老师不得不结束在北京的一切，不得不对她在北京的学生们说再见，心里满满都是不舍。

她所爱着的人们，恰巧也爱着她，是福分，也是难以放下的牵绊。在这样阴郁的天气里，告别更加让人伤感。

黑白琴键上走过八年，女儿从五岁小小琴童长成少年。八年的陪伴走到尽头，终于要说再见。

上完课，钢琴老师第一次，大概也是最后一次和我拥抱，趴在我的肩头默默垂泪。

拆开她给女儿留下的礼物，一本钢琴琴谱的扉页上，她用漂亮的钢笔字写着：给你最好的礼物，我想，是一份无论我在哪里，永远的陪伴。

还有一本用心编制的厚厚的学习计划，可以一直用到两年后。因为她大概可以猜到，中学学业紧张，我们不会再请第二个钢琴老师。

昨晚，微信上，远在武汉的她和女儿讨论下周远程交流的时间、办法，督促女儿练琴。我知道，重情重义的她放心不下、也割舍不得，希望以这样的方式来兑现陪伴的诺言。

远隔千山万水的陪伴，是时间送出的最好礼物。

2

去年年初，最亲爱的一位妹妹送给女儿一份非常特别的礼物。跋山涉水，远自日本而来的，是一个"石原十年日记本"，盒子背面质朴地写着一句话：记录总是会有用的。

想想很奇妙。十年时间长河里，每年的同一天都可以记录在同一页上，摊开来，过去几年同一时间的一幕幕回忆就将扑面而来。

想象十年后这个厚重的、写满字的日记本，成长就是以这样的方式留下它的青涩足迹。

让时间以记录的方式留下印记，是给予成长的最好礼物。

3

去年年底，妈妈从老家来京，做关节置换手术。

性格和习惯使然，对家人，我从来疏于表达对他们的爱；选择礼物，也从来走的是务实路线。我也一直以为，务实才是一生节俭的父母所爱。

妈妈手术前后，几个闺密多次给妈妈精心挑选了鲜花送来。第一次接过花束的那一刻，我看见妈妈被点亮的面颊和双眼，还有第一次收到鲜花的些许羞涩。

手术之后经历了一段漫长的恢复期。恰逢母亲节，前面提到的那位妹妹除了早早给我备好了礼物以外，还给妈妈送来一组很别致的礼物：20 世纪 80 年代时人们常用的雪花膏、蛤蜊油，都被她艰难地淘了来，她还亲手做的蜂蜜柚子茶……妈妈件件爱不释手，捧着端详了很久。

那段病痛缠身的难过日子，每隔一段时间，妈妈就会收到我的朋友们送来的各式礼物，无论大小，都会让她开心很久。因为妈妈的开心，因为朋友们代替我做了爱的表达，我又是欣慰又是感激。

关照他（她）所爱的人，就是给到他（她）的最好礼物。

4

女儿经常送我们礼物：黏土捏的小猪一家三口；为我画的体

重记录表；一张写着简短的信的卡片；文具店里淘到的一支好用的水笔、一个别致的本子，本子的扉页上会写上"妈妈，我爱你"之类的话；一块颜值颇高的蛋糕；因为少油火大煎得有点糊的千层饼；自己动手装点的一盆多肉盆栽……所有的一切，我和她爸爸都很喜欢，每每收到，心里像开出一朵花来。

朋友从日本回来，很费了些周折给我带回一件手作工艺品。一树舒展的竹枝和一只俏丽的竹蜻蜓，竹蜻蜓的下颌部位有一个尖尖的凸起，把它轻轻置于树枝的任何一处，都能很好地保持平衡，有风拂过时，蜻蜓便在枝叶间轻盈地起舞。

这件工艺品是日本的一位退休老人手工雕制而成，没有过于繁复的雕琢，却因为双手贯注的那点温度，而叫人心生温暖，回味无穷。

指间的温度，是赋予爱的最好礼物。

5

身为一个不折不扣的吃货，最幸福的事莫过于，足不出户就可以吃到扬州的冶春包子、武汉的周黑鸭和棒棒鸡、柳州陈记的鸭下巴、平度的许麻子香肠、三亚的椰子咖啡、西宁的牦牛肉、西安的油辣子、湖北的甜酒酿、甘肃的苹果、河北大山里的野栗子、四川的烧腊……

因为坐了飞机或是火车千山万水而来，这些美食一路风尘地走到我的面前，洗洗干净爬到餐桌上来，含情脉脉地对我说上一句：

想我很久了吧？

唇舌间，万般滋味温柔散开。

以美食表达惦念，是温暖一个吃货的最好礼物。

6

今天，微信上，壹心理的一位姑娘联系我，要送给我一个特别的定制笔记本。

素昧平生，只是因为我前几天在体验了他们推出的一个在线心理和性格测试后，感觉很有意思，在我的公号里做了小小推荐。举手之劳，却被有心人记在了心里，一再感谢。

姑娘诚意满满，我推辞不过，索性欣然接受。一个颇具艺术气息的笔记本，裸脊线装可以完全平整打开，白色道林护眼纸，精美结实，逼格满满。

看到封面的文字，瞬间感觉心底最柔软的地方被击中：

世界和我爱着你
致剧不终

"世界和我爱着你"，这样七个简单的汉字，和我的笔名组合在一起，简简单单，就构成一个让我心生欢喜的唯一。细细品来，更觉美好，温暖无限。

迫不及待地想要买来送给朋友，一问之下，才知道第一轮的笔记本定制活动已经结束。我巴巴地追问别人何时可以接受第二轮定制……面对喜欢又想要分享的东西，我从来学不会矜持。

专门为你……，是让人怦然心动的最好礼物。

最后，郑重地把我喜欢的这句话送给你——

请记住，无论你在哪，遇到什么事：世界和我爱着你。